Julius Reichsgrafen von Soden

Ernst Graf von Gleichen, Gatte zweier Weiber

Schauspiel in fünf Aufzügen

Julius Reichsgrafen von Soden

Ernst Graf von Gleichen, Gatte zweier Weiber
Schauspiel in fünf Aufzügen

ISBN/EAN: 9783743675209

Hergestellt in Europa, USA, Kanada, Australien, Japan

Cover: Foto ©Andreas Hilbeck / pixelio.de

Weitere Bücher finden Sie auf **www.hansebooks.com**

Ernst,
Graf von Gleichen,
Gatte zweyer Weiber.

Schauspiel
in fünf Aufzügen

von

Julius Reichsgrafen von Soden.

Personen.

Ernst der Dritte, Graf von Gleichen.

Heinrich,
Lamprecht,
} dessen Kinder.

Quirin von Volgstatt,
Hanns von Berga zu Weihmar,
Bastian von Anspach,
Christoph von Enzenberg,
} Ritter und Gleich. Vasallen.

Der Castellan des Schlosses Gleichen.

Ein Reuter.

Othmann, Calif oder Sultan zu Alkair.

Achmet, Aufseher der Sklaven.

Wache und Verschnittene.

Ein Landmann.

Bertha, Gräfin von Orlamünde,
Fatime, Othmanns Tochter,
} Graf Ernst's Gemalinnen.

Zaide, Fatimens Sklavin.

Erster Aufzug.

(Graf Ernst's Schloß.)

Erster Auftritt.

Graf Ernst, Bertha, Heinrich, Lamprecht.

Graf (zu den Kindern, die Graf Ernst's Schwerd tragen.)

He! was soll das, Jungens?

Lampr. (kläglich.) Heinrich höhnt mich: ich könn das Schwerd nicht blos sehen, und liefe davon.

Heinr. Er kanns nicht herausbringen!

Graf. Aber du, Kröte?

Heinr. (zieht's.) Da seht! —

Graf. Junge! Junge!

Lampr. He! hier steh' ich!

Graf. Wollt' Ihr Friede halten? — Kinder! neckt euch nicht, so fehdet ihr euch nicht.

Heinr. Es ist doch mein!

Lampr. Mir hat's der Vater gegeben.

Graf. Beyden! Ihr seyd Brüder, ihr dürft, ihr müßt nur Ein Schwerd haben. — (zu Bertha.) Du weinst, Bertha?

Bertha. Soll' ich nicht, da wir scheiden?

Graf. Denk' ans Wiedersehen.

Bertha. Ach! da liegts eben, ob ich dich wiedersehen werde?

Graf. Du zweifelst? — Sey ruhig: Wir werden. — Ich folg' einem edlen heiligen Ruf: kennst du für den Rittersmann einen edleren?

Bertha. Weh mir! Wenn ich nicht dich wiedersähe! —

Graf. Wiedersehen, gutes Weib, ist die Stimme der ganzen Natur — — Darauf hofft alles, was da lebt und webt. Meinst du, das Vögelein würd' seinen fröhlichen Wettgesang singen, ohn' dies allmächtige, allgemeine, leise Hoffen und Ahnden des Wiedersehns?

Zweyter Auftritt.

Ein Reuter. Vorige.

Graf. Was bringst du, Görge?

Reuter. Ich komm' vom Aufgeboth.

Graf. So schnell?

Reuter. Quirin von Wolgstätt, Hanns von Berga, Bastian von Aspach und Christoph von Enzenberg sind aufgesessen und auf dem Zuge.

Graf. Brave Männer!

Reuter. Hanns von Hallungen grüßt Euch, und bittet um Entschuldigung.

Graf. Wie so?

Reuter. Er liegt krank darnieder an der Gicht.

Graf.

Graf. Die Memme! Wenn die Kaufleute gen Leipzig zogen, war er flink auf den Beinen, Wehrlose zu plündern. Nu's gegen der Türken Säbel geht, ist er lahm. Pfui! — Wie viel sind ihre Reißige?

Reuter. Zwanzig oder dreyßig, wohlberitten.

Graf. Geh, und sag mir's, wenn sie an' die Brücke kommen. Görg! nimm die Buben mit, daß sie ihre Lehnleute sehen.

(Reuter ab.)

Dritter Auftritt.
Vorige.

Graf. Bertha! Bertha! hätt' ich das gedacht! Du warst so froh, als die Bothschaft kam vom Zug ins heilige Land.

Bertha. Ach! Ernst, es ist tausendfache Pein, nicht trauren zu dürfen!

Graf. Scheiden, trautes Weib, ist ja der Geburtsbrief der Natur. Alles scheidet und kommt wider. Gottes Hand wird mich bewahren allenthalben.

Bertha. Mir war so wohl in unsrer Burg; im stillen Frieden unsers häuslichen Zirkels und unsrer Kinder.

Graf. Sie bleiben bey dir.

Bertha. Was ist das Weib ohne Mann? Kinder ohne Vater?

Graf. Dafür, gutes Weib, dafür wird dein Ernst sorgen.

Bertha. Ernst! Ernst! Was sollen mir die Kinder ohne dich? — ein leerer Spiegel ohne Bild! — Nahrung für meine Sehnsucht! —

Graf. Bertha! ich bitte dich, Bertha!

Bertha. Ach! mein Garten und mein Hof war mir so lieb; er wird zur Wüste werden.

Graf. Warum das?

Bertha. Alles, was mein ist, sey verwaist wie ich! — Ich will mich einschließen, und die Sonne soll nie durch meinen Wittwenschleier scheinen.

Graf. Ich saß dich nicht. Reidetest du mich nicht anfangs, daß ich das heilige Land sehen sollte, die Heimath unsers lieben Herrn?

Bertha. Nimm mich mit!

Graf. Wenn die Jungens nicht wären! — und wären d i e s e nicht — o Bertha, alles hängt an einer weisen Kette.

Bertha. Gott! Gott!

Graf. Jede deiner Zähren gräbt sich in mein Herz, und wird erst brennen, wenn ich dich nicht mehr sehe.

Bertha. Vergieb mir! Was wär' ohne Thränen das Weib?

Graf. Als das Aufgeboth vom Landgrafen kam, dachtest du an nichts, als, den Mönchen zu Erfurt zwey Hufen Land's zu geloben, wenn ich wieder käme.

Bertha. Ich dachte nur an deine Wiederkunft! —

Vier-

Vierter Auftritt.

Castellan, Reuter. Vorige.

Castel. Herr! Eure Lehnsmänner sind an der Brücke.

Graf. Laßt sie halten und geleitet sie hieher.

(Castellan ab.)

(zum Reuter.) Ist mein Roß gesattelt?

Reuter. Alles in Bereitschaft.

Graf. Nun, Bertha! die Scheidensstunde ist gekommen. — Standhaft! Zeig' dich als ein teutsches Weib.

Bertha. So willst du mich verlassen?

Graf. Nicht so; ich spreche dich noch. Abschied der Liebenden muß stille und einsam seyn.

Fünfter Auftritt.

(Trompeter.)

Quirin von Volgstatt, Hanns von Berga, Bastian von Aspach; Christoph von Enzenberg. Vorige.

Graf. (sie bewillkommend.) Willkommen, Freunde! Willkommen, theure Gefährten! —

Volgstatt. Wir grüßen Euch, gnädiger Herr! und warten Eure Befehle.

Bertha. Willkommen, Ritter, in unserm Schlosse!

Berga. Wir danken Euch, gnädige Frau!

Bertha. Auch Ihr, Ritter Enzenberg, seyd mir herzlich willkommen! Ach, Eure arme Agnes! —

Enzenb. Sie grüßt Euch freundlich.

Bertha. Wie verließt Ihr ſie?

Enzenb. Mit rothen Augen, gnädige Frau. Ihr müßt ja Weiberart kennen.

Bertha. Laßt ſie zu mir kommen. Nur einſiedleriſche Thränen brennen; vermiſcht ſind ſie wohlthätiger Thau. — Es ſoll meine Leidensſchweſter werden.

Graf. Pfuy, ſeyd ihr teutſche Weiber? — Nun, Bertha, verlaß uns: Wir haben Männer Arbeit. — Freunde! ſind Eure Reiſige verſammelt?

Aſpach. Sie halten im Thal.

Graf. Wohl! Wir ziehen heut gen Erfurt. — Die Herren werden uns verpflegen. — Du weinſt Bertha?

Bertha. Ernſt! Ernſt! Wenn du ſo mich verläßeſt! —

Graf. Willſt du mich beſchämen vor meinen Lehensleuten? — Oder denkſt du, Ernſt, der dem Bettler Wort hält, hielt es nicht ſeinem Weibe?

(Bertha ab.)

Sechſter Auftritt.
Vorige, ohne Bertha.

Graf. Vergebt ihr!

Berga. Wohl dem Manne, an dem ſolch ein Weib hangt! —

Graf.

Graf. Lehensmänner! Ritter! edle Gefährten! Ihr wißt, warum ich Euch aufboth! — Fluch der Kirche ruht auf unserm guten Kaiser; ihn zu lösen, zieht er ins heilige Land. — Mein gnädiger Herr, der Landgraf, wird ihn begleiten, und hat mich, wie ich Euch, zu Gefährden erwählt! —

Volgstatt. Hier sind wir, nach Lehenspflicht, zu Eurem Dienst.

Graf Stille, Volgstatt! — Wollt Ihr von Lehenspflicht sprechen, wenn Euer Herr schweigt? — ich suche meine Lehnschaft in Eurem Herzen! — Es ist ein herrlicher Zug, zu den ich Euch auffordere! — Die Krone der Ritterschaft! die Unschuld rächen, Frieden erhalten, durch Kampf gegen Bosheit und Verrath, Verläumdung strafen, und arme Leute vertheidigen gegen Druck und Gewalt, ist eine edle, seelerhebende Bestimmung des Edelmanns! Aber, Freunde, kämpfen für seinen Glauben, ist die höchste Würde des Ritters! — Glaube, diese heilige Gluth, an der Edelmuth und Tugend sich wärmen; Glaube, der mit flammenden Schwerd das Paradies unsrer Seele wahrt; Glaube! entflamm uns zu den großen Thaten dieses heiligen Zugs! — Ist Ein Unglücklicher unter Euch, den seine Flamme nicht entzündet, so meld' er sich, und bleibe zurück! ich entlaß ihn seiner Lehenspflicht.

Volgstatt. Keiner!

Alle.

Alle. Keiner! —

Graf. Bey Gott, ich kann stolz seyn auf dieses Häuflein. Brüder! wir kämpfen für Gottes
Sache. Wie? dem rohsten unter uns sind die
Gräber seiner Voreltern heilig, und der Edelstein
seiner Burg! und das Grab unsers Heilandes
sollten wir Ungläubigen lassen? — Ach, Liebe
hängt ja sonst am Grabe des Liebenden unbeweglich, und wen liebten wir mehr, als ihn?
wer liebte uns mehr als er? — Seyd Ihr
entschlossen, Freunde, wir zu folgen? freywillig
und ohne Lehnszwang?

Alle. Wir sinds! —

Graf. Schwört's auf unser Schwerd, nie, nie
uns zu verlassen in Gefahr! zu leben, zu kämpfen, zu sterben für uns, und dem Kreuz zu
folgen!

Alle. (ziehen ihre Schwerdter.) Wir schwören's!

Graf. Wohl, Brüder! Auch ich schwör's;
ich schwöre den feyerlichen Bund auch Euch! —
Laßt uns dem Creuze folgen! — Hier nehmt die
Siegel unsers Bundes vom Bischof von Naum-
burg! (theilt das Zeichen des Creuzes aus, nur an Berga nicht.)

Berga. Wie, Herr, Ihr vergeßt mich?

Graf. Zürnt nicht, Hanns; ich werd' nachher
Euch's erklären.

Berga. Nein, Herr! ich bitt' Euch, jetzt, vor
diesen Rittern, vor denen Ihr mir's versagt.

Graf. Seyd ruhig: Ihr seyd ein braver Rittermanns! das weiß ich und sie alle; und daran
laßt Euch genügen! — Nun, Freunde, laßt uns
aufsitzen. — Ihr, Bastian, und Ihr, Christoph,
geht voran mit Euren Reisigen! Euren Hand-
schlag! — Gen Erfurt! im Hof am Petersberg
wollen wir Eurer pflegen. Lebt wohl; auf
Wiedersehen!

(Bastian von Aspach und Christoph von Enzenberg ab.)

Siebenter Auftritt.

Vorige.

Berga. Herr, Ihr habt mir sehr wehe gethan!
Wie? Ihr laßt mich rufen auf Lehnspflicht! schwören den Bund zum heiligen Zuge, und stoßt dann
mich zurück, als einen feigen Schurken?

Graf. Ruhig, Hanns!

Berga. Laßt das die Mannen richten! —

Graf. Wollt Ihr mich hören?

Berga. Mir pocht das Herz so hoch, als dem
besten Eurer Lehnsmänner! — Hanns von Berga hat noch keinen Zug geschändet. Ich hab'
das Unbild nicht verdient.

Graf. Stürmer!

Berga. Laßt's die Mannen richten, ich berwer-
fe mich auf die Mannen.

Graf. Auch ich! — Sie sollen richten. „Ich
zog fort, werd' ich sprechen, in ein fernes Land;
Gefahr, Tod, tausend Sarazenensäbel drohten

meinem Leben. — Ich hatt' ein Weib, an dem meine Seele hing, ich hatte Kinder, meine Augapfel, ich hatte Diener, und arme Leute, die ließ ich zurück, verwaist, ohne Mann, ohne Vater, ohne Freund! — und meine Seele hing an meiner Heimath. Wie sollt. ich ziehen und kämpfen ohne Seele? — da blickt ich umher unter meinen Lehnsmännern und stand still, bey einem bieder deutschen Manne, ohne falsch und arg! — Er wird Beystand seyn deinem schußlosen Weibe, dacht' ich, Vormund deiner verwaisten Kinder Vater deiner armen Unterthanen! Nun, richtet, Mannen, ob das Lehnspflicht heischt? Richtet, ob das edle, oder entehrende Bestimmung des Rittermanns ist! "

Berga (zu seinen Füßen stürzend) Herr! Herr! — Was hab' ich gethan? —

Graf. Steh' auf! Laß dich weihen zum Vater, zum Vormund, zum Beschützer deines Herrn! — ach! dessen, was mir mehr ist, als ich selbst! — Hanns, Hanns! Nur Einmahl vertrau ich mich deinen Gefährten, und dir laß ich mein tausendfaches Selbst!

Berga Ich fühl es!

Graf. So wirst du's erfüllen?

Volgstatt. Und ich Graf?

Graf. Du Volgstatt! Gespiele meiner Kinderjahre! treuer Gefährte meines Lebens! — Ewig, ewig sind wir vereint! —

Volst.

Volgstatt. Ich ziehe mit Euch?

Graf. Muß dein Ernst dir das sagen?

Volgstatt. Ich lebe, ich sterbe an Eurer Seite!

Graf. Freund! das wäre eine Scene, die Pfaffen zu belehren, die gegen des Lebens Elend sich heischer schreyen; — ich mag nicht allein in ihr einsames Paradies.

Nun Brüder! laßt mir noch einige Augenblicke Zeit ihr wißt ja, wie's beym Scheiden im Hauswesen zugeht.

Berga. Des Heulens und Zierens ist kein Ende.

Graf. Liebe! und warum drängts doch jeden von uns, ein Weib zu nehmen? O, da bringt die Freude der Wiederkunft mit Wucher Zinsen! Wie da das Weib sich um Euren Hals schlingt, die Kleinen sich an Eure Knie klammern, die größern geschäftig an Eurer Rüstung abschnallen und Euch drosseln! und das allgemeine Getümmel, und die Perl im Aug' des Weib's, und das Bellen Eurer muntern Hunde! — Hanns! Hanns! schon jetzt hängt meine Seele an dem Gefühl dieses Wonnetags, und er stählt meinen Muth. Wie war mir's einst, wenn ich als Jüngling in meine öde Burg unmuthig heimzog: Niemand da, mich zu empfangen! O Ihr glaubt nicht, was am Willkomm der Geliebten liegt.

Graf. Wie?

Bertha. Einem reißendem Wolf willst du dein Lamm vertrauen?

Graf. Schwärmst du? Versteh ich dich recht?

Bertha. Ist es der Pein deiner Trennung nicht genug, daß du zehnfach sie verdoppelst?

Graf. Beim Himmel, ich fasse dich nicht! —

Bertha. Hast du vergessen, daß Berga es war, der von Liebe mir sprach, als du ihn an meines Vaters Schloß sendetest, für dich zu freyen?

Graf. Nein! Ich rechnete diese Liebe hoch, im Vertrau'n auf seine Sorgfalt für dich. — Er sah dich früher, und ich sollte zürnen, daß er früher, als ich deinen Reizen huldigte? — Wenn dies es ist —

Bertha. O, wär es dies allein! Aber daß er es wagt, seitdem deinem Weib von Liebe zu sprechen. —

Graf. Das wagte er? — Tod und Hölle! das wagt' er? — Gott im Himmel! die Tiefen des Meeres sind ergründet und der Abgrund des Menschenherzens nicht? — O Hanns! Hanns!

Bertha. Widerrufe diesen schrecklichen Auftrag!

Graf. (unruhig auf- und abgehend). Ich vermags nicht! —

Bertha. Weh mir Verlaßnen!

Graf. (ihre Hand fassend) Nein, Bertha, ich vermags nicht; ich will nicht. Kann etwas ihn retten, so muß es dies. — Wie? Wenn sein Herr

ihm

ihm arglos ſein höchſtes Kleinod vertraut, ſo ſollt
er verſucht werden, ihm es zu rauben? — Nein;
dies zu glauben, müßte man an Menſchenwürde
zweifeln; und Weh' dem Elenden! — Nein!
die Natur geht allenthalben ihren ſtillen, leiſen
Gang.

Bertha. Daß meine Ahndung mich betröge! —

Graf. Glaube mir: ein Funke Tugend glimmt
im geheim, ihm ſelbſt unmerklich, im Herzen des
niedrigſten Böſewichts; wär er dies, ach! dies
gränzenloſe Hingeben, dies engelreine Zutrauen,
müßte den Funken zur Flamme aufblaſen! —
Argwohn zeugt zehn Laſter, gegen Eins,
das er verhütet.

Bertha. O Ernſt! wenn du dich täuſchteſt!

Graf. Sey ruhig, es iſt geſchehen. — Er muß
dich ſchäzen, denn er liebt dich! —

Bertha. Und die Gefahr der heimlichen Nachſtellungen, das Schlangengewebe der Verführung
das dein Zutrauen anſpinnt, rechneſt du für nichts?

Graf. Für nichts, Bertha! Ich habe nichts
zu verlieren, als dein Herz! — und ich verliere
nichts, wenn er mirs entreißt! —(Trompeter bläſt)
Ich muß fort; leb wohl! — o meine Kinder!

Zehnter Auftritt.

Lambrecht. Heinrich.

(Auf den Grafen zuſpringend)

Lamb. Wir haben ihn geſehen!

Heinr

Heinr. Sie sind zu Pferde.

Lamb. Sie ziehen fort! —

Heinr. Und Ihr auch, Vater?

Graf. Ich auch! — (er umarmt sie) o meine Kinder! meine Kinder!

Heinr. Wir wollen auch mit.

Graf. Lange werd' ich euch nicht sehen! — Nicht mit beglückender Aengstlichkeit belauschen den leisen Fortschritt eures Seyns! Entbehren der stillsten und doch höchsten Freuden des Menschenstands! — Gott sey euer Vater!

Lampr. Ihr müßt uns auch mitnehmen.

Graf. Ich kann nicht.

Heinr. Wir wollen mit!

Lampr. Wir fürchten uns nicht vor dem Hengst. Heinrich ist schon auf ihn geritten.

Graf. Seyd ruhig und bleibt.

Heinr. Wir wollen mit; wir reisen mit.

Graf. Sieh zu, Bertha, wie ich ihrer los werde.

Heinr. Wir laufen dir nach, Vater!

Lampr. Nur ein Stückchen laß uns mitreiten.

Graf. Ja, wie denn?

Heinr. Laß mich zu dir aufs Pferd setzen.

Lampr. Mich auch! mich auch! (sie klammern sich an ihn.)

Graf. Laßt, mich Jungen!

Bertha. Versag ihnen diese kleine Bitte nicht. — Muß ja dein Weib zurückbleiben.

Graf. Du will'st? Meinetwegen! (zum Castellan) nimm und pack sie vorsichtig auf!

Der Castellan. (sich sprachlos auf seine Hand stützend).

Graf. Was ist dir, Alter?

Castell. Meine grauen Haare! Ich seh Euch nie wieder!

Graf. Gott mags wissen! wo; nicht hier, doch dort! — Bewahre meine Burg redlich, wie bis jetzt.

Castell. Hier will ich sterben.

Graf. Vater! mach mich nicht weibisch. — Geh! Gott behüte dich.

Lampr. und Heinr. (mit Castellan ab) Holla! hol zum Türken, zum Türken.

Graf. Was die Ritterknechte große Augen machen werden! Es wird ein lustiger Anszug! und bey Gott! doch so traurig, meinen Herzen so feyerlich! Nun zum letztenmal, Bertha! geliebtes, theures Weib! leb wohl! leb wohl!

Bertha. (an seinen Hals hangend) Bewahre mir dein Herz! —

Graf. Man soll dirs senden, wenn ichs nicht wiederbringe! — Ich unterlige, Bertha! Leb wohl!

Bertha. (halb ohnmächtig sinkend) Ernst! Ernst! —

Eilfter Auftritt.

Bertha allein

Er ist fort! — Er hört mich nicht mehr! o wie viel vergaß ich ihm zu sagen! — Ernst! Ernst! —

Zwölfter Auftritt.

Bertha. Hanns von Berga.

Bertha. Ha! Ihr folgtet ihm nicht? —

Berga. Sein Befehl! — Ich komme die Eu stigen zu empfangen.

Bertha. Ist er fort? Unmöglich! Ist er wirklich fort? —

Berga. Ich hör' das Zittern der Brücke vom Hufschlag.

Bertha. Allmächt'ger Gott! Er ist fort, und Ihr bleibt zrück?

Berga. Als euer Beystand, wie Ihr hörtet; und ich versichre Euch, gnädige Frau, mir soll's kein leerer Name seyn!

Bertha. Berga! Berga! — Aber die Vergangenheit sey Euch ein schwerer Traum, wie mir. — Er weiß alles. — Ernsts Befehl sey Euch so heilig, als er mir ist! — Merkt's, bey der Unschuld des edlen Weibes wacht ein Engel: Liebe des Mann's. Versuchts nie, mit ihm zu ringen, oder zittert! — Warum Euer Blick so düster? — Wankt Ihr noch? — Berga! Wenn Vertrauen nicht Tugend zeugt, so kann selbst die Allmacht sie nicht schaffen! — Was auch geschieht, ich zittre nicht! O daß ich nie für Euch zittern müsse

(ab)

Dreyzhnter Auftritt.

Hanns von Berga allein.

Iſt das ein ſterbliches Weib? — O ich
will niederknien und anbeten! — Wie? iſts ein
Engel, oder Satan, der mich gewaltſam auf
dieſen Bahn zog? — Er weiß alles? Ich
will ſiegen oder im Kampfe untergehen! — Ernſt!
Ernſt! ich will die große Schuld tilgen, oder
Gott tilge ſie nie aus meinem Buche!

Zweyter Aufzug.

Garten des Kalifen Othmann zu Alkaire.

Erſter Auftritt.

Graf Ernſt, Volgſtatt (in Sklavenkleidern und Joſ ſelm arbeitend).

Volgſtatt.

Ihr weint?

Ernſt. Wer ſieht es, als du?

Volgſtatt. Genug! bin ich nicht Euer Kriegsgefährte? — Iſt das der Muth eines teutſchen Edlen?

Ernſt. Ha! Muth iſt die Kraft der Freyen,
aber des gefeſſelten Sklaven?

Volgſtatt. Herr! Freyheit iſt Hochgefühl der
Seele, und beym Himmel! dieſe ſoll, dieſe darf
uns nicht verlaſſen, bis zum letzten Hauch. Un-

glück tragen, und ruhig tragen und nicht unter-
liegen, und empor streben unter dessen Last, ist
vielleicht des Muthes höchste Stufe. Es ist der
Muth des Gefesselten, wenn er ruhig und frey
aufschauen darf bey ihrem Klirren. Und wir ver-
möchtens nicht? Sind wir nicht Kriegsgefangene.

Ernst. O des unglücksvollen Gedankens, Pto-
lomais zu verlassen!

Volgstatt. Wir ritten aus, wie's Kriegsmän-
nern ziemt, zum Streit gerüstet. — Nicht Tapferkeit. Menge hat uns überwältigt. Auch haben wir den Sarazenen unsere Freyheit theuer
verkauft. Drey stürzten zu deinen Füßen, eh'
man das Schwerd dir entwandt.

Ernst. Und zu den deinigen? (ihn umarmend)
Volgstatt! Nichts jezt von dieser Szene. Harm
hat mein Herz selbst zum Dank abgestumpft.

Volgstatt. Still davon!

Ernst. Du konntest dich retten, —

Volgstatt. Pfuy! fliehen als ein Feiger?

Ernst Dachtest nur an mich, stürztest wüthend
unter den Haufen, den meine glänzendere Rüstung an sich zog, kämpftest, blutetest für mich, —

Volgstatt. Sollt' ich Eidbrüchig werden an
meinem Lehnsherrn?

Ernst. Ich legte dir diese Fesseln an. Gerne
trüg ich die meinen, könnt' ich sagen: Volgstatt
zieh hin, du bist frey und eigen, du, und alle
deine Haabe. —

Volgstatt. Wenn ich nur auch wollte! Herr! einem edlen Manne liegt viel daran, jemand anzugehören, dem er sich hingeben kann, mit ganzer Seele und allen seinen Kräften. Muthig, Ernst! Wir sind jung und stark, und leben noch.

Ernst. Aber wie? Auf ewig geschieden von der Heimath; — auf ewig getrennt vom Vaterlande

Volgstatt. Die Zeit ist wetterwendisch. Und wenn auch; es sind ja der Ritter und Edlen daheim, die werdens wohl wahren.

Ernst. Diese Fesseln sind deine einzigen. Aber mich ketten unsichtbare, glühende an meine Heimath! meine arme Bertha!

Volgstatt. Wird ruhig am Rocken sitzen in deinem Schlosse.

Ernst. Wenn sie erfährt —

Volgstatt. Zogst du nicht von ihr in den Krieg, und in den Krieg für unsern Glauben? — Ha! Ernst, sie ist ein teutsches Weib und wird sich fassen. Sie ist fromm, und Gebet wird sie aufrichten.

Ernst. Wüßtest du, wie sie an mir hängt! — Es ist schrecklich!

Volgstatt. Das Weib des Kriegsmannes empfängt mit dem Hochzeitkleide den Wittwenschleyer. Und du liebst sie.

Ernst. Desto schrecklicher! Ruhe wohnet im Grabe und duftet allmälig auch dem Ueberlebenden zu. — Aber seine Lieben, lebend zu wissen für die Welt und todt für uns, auf
ewig

ewig todt! — Glaubt mir, dieser Schmerz
ist peinvoller, als Thränen auf der Leiche geweint.

Volgstatt. Das Weib hat aber auch gegen den
Schmerz der Waffen viel, die wir nicht kennen;
der Tröstungen viel, selbst in ihrer Wehmuth!
— Und sie hat ja deine Knaben. —

Ernst. Arme Kinder! Sie sind verwaist! Sie
haben keinen Vater mehr!

Volgstatt. Der biedere Landgraf wird es seyn
— und Bertha's Beystand.

Ernst. Ich werde sie nie wiedersehen!

Volgstatt Vielleicht einst als unsre Befreyer.

Ernst. Täuschung! — Ach der Kinderlose hat
keinen Begriff für die Wonne, sich im Sohn wieder zu sehn! für die Bitterkeit: auf immer von
sich selbst zu scheiden, ohne tröstenden Blick
auf Zukunft.

Volgstatt Schermuth, lieber Herr, ist ein
finsterer tükischer Mahler — Komm! Ich seh den
Aufseher. Laß uns muthig arbeiten und dem Barbaren selbst Ehrfurcht abzwingen. —

Zweyter Auftritt.
Achmet. Vorige.

Achmet. Ihr feyert?

Volgst Herr! wenn der Teutsche feyert, sinnt er
auf neue Arbeit. Zählt unser Tagwerk und das der
andern.

Achmet. Ich bin zufrieden.

Volgstatt. Wir sind fertig.

Achmet. Fertig? — Beym Allah! wahr! und
die Hunde dort sollen erst anfangen.

Volgstatt. Zeiget uns, was wir weiter thun.

Achmet. Nichts! — Sklaven! euch blüht ein
großes Glück.

Ernst. Uns?

Achmet. Der Sultan will euch sprechen.

Volgstatt. Der Sultan?

Achmet. Und er hatte einen sanften Schlaf
heute, wie mir Haßan sagte.

Volgstatt. Wirklich?

Achmet. Hat einen milden, freundlichen Blick

Volgstatt. Was ihr sagt!

Achmet. Schlürfte den ganzen Becher Sabet
hinab, der sonst oft zur Häfte stehen bleibt.

Volgstatt. Wichtig!

Achmet. Seine Stirne war glatt, als er den
Harem verließ — sagt man.

Volgstatt. Und was will er uns?

Achmet. Er hat von eurer Gegenwehr gehört.
— Er will die Franken sehen, die ihm fünf baare
Sarazenen kosten. — Er denkt, ihr seyd wohl
m e h r, als ihr sagt.

Volgstatt. Er irrt, Achmet. — Kopf und Faust
machen den Mann. Wir haben Reisige und Knech-
te, die m e h r thaten.

Achmet. Horcht wohl auf, was er fragen wird.
Fallt nieder, wenn ihr sein majestätisches Antlitz
erblickt.

Volgstatt. Der Teutsche blickt frey hinauf, selbst zur Sonne, selbst zu Gottes Thron.

Achmet. (drohend.) Sklaven! (sich fassend.) Er will eure Herkunft wissen. Antwortet rein. Eine Lüge kostet den Kopf. — Wartet hier: (im Abgehen sich wendend.) Laßt gelegenheitlich ein Wort vom guten Achmet fallen! Versteht ihr? ich werds euch gedenken.

(ab.)

Dritter Auftritt.
Ernst, Volgstatt.

Volgst. Das Hofschranzengezücht! — Der Wurm ist ihm wichtig, wenn er an der Sonne kreucht.

Ernst. Was werden wir dem Sultan sagen?

Volgst. Wahrheit, wie's uns Teutschen gebührt.

Ernst. Wie? Wir entdecken ihm unsre Herkunft, unsern Stand?

Volgst. Warum nicht? Wenn ers nun doch erführe, und wir sollten vor einer Lüge erröthen? Pfuy!

Ernst. Wenn er aber großes Lösegeld fordert?

Volgst. So laßt Ihr mich hier und löst Euch.

Ernst. Volgstatt! das glaubtest du von mir? — Nein, treuer Gefährte, wir sind unzertrennlich. Deine Fesseln sind die meinigen.

Volgst. Laßt mich sorgen, edler Herr, und löst Euch. —

Ernst. Womit?

Volgſt. Ihr habt ja daheim Guths und Lands genug.

Ernſt. Und die ſollt' ich drücken um meinetwillen? — Meine a r m e n L e u t e ausſaugen, das Mark ihres Fleißes, den Schweiß ihrer Mühe für meine Freyheit? — Wahrlich, Volgſtatt, du kennſt mich nicht. Ihre Seufzer würden mich ſchwerer drücken, als dieſe Ketten. —

Volgſt. Wer gäbe nicht gern ſein letztes Scherflein, dich wieder zu haben?

Ernſt. Deſto mehr empört ſich mein Herz ſie zu nehmen. Sie haben genug zu thun mit ſich und den ihrigen in dieſer ſchweren Zeit. — Was ſollte mir dann die Freyheit um dieſen Preiß?— Wüßt' ich, ein einziger meiner Lehnsleute müßte dann darben Einen Tag um meinetwillen, ich würde des Lebens nie mehr froh. — Sie ſollen weinen, lieber Volgſtatt, aber nur über mein Unglück.

Volgſt. Und doch zogt Ihr nur aus, um des heiligen Glaubens willen.

Ernſt. Dann wird auch unſer gnädiger Herr an uns denken, wenn er kann.

Volgſt. Seht dort wieder die Weiber aus dem Harem.

Ernſt. Laß uns auf die Seite gehn. Jedes weibliche Geſicht erinnert mich an Bertha. — Komm, ich will uns die Grillen wegpfeifen, weil wir Muße haben.

(entfernen ſich.)

Vier-

Vierter Auftritt.

Fatime, Zaide.

Fatime. Siehst du ihn? dort gehen sie! dort!

Zaide. Wenn dies Achmet sähe! (sich umschauend.)

Fatime. Er ist ja nicht da, und wenn auch. —

Zaide. Du weißt das Gesetz.

Fatime. Laß ihn kommen, er mag schmälen, wenn ich ihn nur sehe.

Zaide. Schmälen? Und wie es meinen armen Landsleuten gehen, wie er sie mißhandeln würde! —

Fatime. (lebhaft.) O nein! nein! das soll, das darf er nicht! (traurig.) Sie sind fort.

Zaide. Sie bemerkten uns, und wissen das Gesetz des Harems.

Fatime. Deine Landsleute, sagst du? Und du kennst sie nicht.

Zaide. Mein Vaterland ist ein großes weites Reich; es hat der Menschen und der Völkerschaften viel.

Fatime. Aber auch solcher? so edel, so groß, so lieb?

Zaide. Ein schöner Mann, in der That.

Fatime. O daß ich in diesem Paradiese wäre.

Zaide. Er scheint edler Herkunft.

Fatime. Und du kennst ihn nicht? Gewiß ist er irgend ein Kalife, oder Sultan.

Zaide. Es giebt der edlen viele bey uns.

Fatime.

Fatime. Auch seinen Namen weißt du nicht?

Zaide. Noch hört' ich ihn nie.

Fatime. Guter Gott, wüßt ich nur seinen Namen! Es ist so traurig, etwas zu lieben, das man nicht nennen kann.

Zaide. Du liebst ihn, Prinzessin, und hast ihn nie gesprochen?

Fatime. Muß man den sprechen, wenn man liebt? Ich empfinde das anders. Wie ist's denn bey dir, Zaide? Unterrichte mich doch!

Zaide. Man liebt dort nur, um viel zu sprechen.

Fatime. Nein, nein. Schweigen will ich, aber ihn bey mir haben, ihm nahe seyn, ihm ins blaue Auge schauen, und indeß seine lange Haarlocken, oder seine Ketten empor heben, daß sie minder ihn drücken. — Geh', ruf' ihn her; sag ihm das.

Zaide. Um Gotteswillen, was fordert Ihr?

Fatime. Warum nicht? — Ich will ihn ja nur sehen.

Zaide. Mein Leben stünde auf dem Spiel.

Fatime. (sie kosend.) Sorge nicht, Zaide! mein Vater liebt mich.

Zaide. Dich würde er schonen, aber mich, deine Sklavin träfe sein ganzer Zorn.

Fatime. Ach! ich kann weinen, und dann wird er sanfter, als eine Taube.

Zaide. Du weißt, kein Mann soll sich dem Harem nahen.

Fatime. Unglückliche Fatime! Wofür bin ich denn da? Diese Bäume, diese Blumen sah ich seit meiner Kindheit. Sie ekeln mich an. — Soll ich leben um ihretwillen?

Zaide. Lebe für den Gemal, den der Sultan dir bestimmt.

Fatime. Ach, unsre Männer lieben ja nicht! und ich will lieben, sag' ich dir, und geliebt werden auch. — Ruf' ihn doch, liebe Zaide! —

Zaide. Verschone mich!

Fatime. Horch! hörst du seine Flöte? — Ha! wie diese Töne mir ins Herz dringen! Lauf, laß alle meine Vögel fliegen. — Doch nein, bleib nur. — Gehst du noch nicht?

Zaide. Ich darf nicht.

Fatime. Horch! Er hört auf! O er wird weggehen! Lauf, lauf! —

Zaide. (wehmuthsvoll.) Du willst meinen Tod?

Fatime. (an ihren Hals.) Dein Leben hängt an meinem; sorge nicht!

Zaide. Ich gehe! — aber verbirg dich jetzt; ich sehe dort den Sultan und Achmet.

(auf entgegengesetzten Seiten ab.)

Fünfter Auftritt.

Sultan, Achmet.

(Hinter ihnen Gefolg.)

Sultan. Achmet!

Achmet. (zur Erde gebeugt.) Beherrſcher der Gläubigen!

Sultan. Rufe ſie hieher.

Achmet. Ich fliege!

Sultan. Fünf der unſrigen verloren wir bey ihrer Gefangennehmung?

Achmet. Fünf Rechtgläubige fielen unter den wüthenden Streichen dieſer ungläubigen Hunde.

Sultan. Schande für ſie, Ehre für die Franken.

Achmet. Tapfere Männer!

Sultan. Ich will ſie ſehen.

(Achmet entfernt ſich. Man breitet nach orientali-
ſchen Ceremoniel den Teppich; der Sultan
ſetzt ſich.)

Sechster Auftritt.

Ernſt, Volgſtatt, (von Achmet geführt.) Vorige.

Sultan. Beym Ali! ſtattliche Männer!

Achmet. (zu Ernſt und Volgſtatt.) Nieder! nieder! zur Erde!

Ernſt. (mit Würde.) Nein! der freye Teutſche kniet nur vor Gott und ſeinem Kaiſer.

Achmet. Wie? Verwegner! (drohend.)

Sultan. Laßt ſie! — Sklaven!

Ernſt und
Volgſtatt. } (ſich bückend.) Herr! —

Sultan. Ihr habt fünf meiner beſten Leute niedergemacht.

Ernst. Wir kämpften für unsre Freyheit und sind Kriegsmänner.

Sultan. Brav! — (zu Volgstatt.) Er war gefangen. Euch verfolgte niemand, ihr sah's die Menge; ihr rittet in den dicksten Haufen, um euch Fesseln zu holen — das war tollkühn.

Volgst. Er ist mein Kriegsgefährte. Sollt ich schändlich ihn lassen in der Noth? — Bey uns stirbt der Waffenbruder mit dem Waffenbruder!

Sultan. Recht! — Beym großen Propheten, recht! Und so denken Ungläubige? — Versprecht ihr, bey mir zu bleiben, bis ich euch selbst ziehen lasse?

Ernst.
Volgstatt. } Wir versprechens.

Sultan. (zu Achmet.) Nehmt ihnen die Fesseln ab! Wer tapfer ist, ist auch redlich!

Achmet. (im Ton der Verstellung.) Schrecken der Ungläubigen!

Sultan. (heftig.) Gehorsam! — Werdet ihr mich täuschen?

Ernst. Herr! den Teutschen bindet Wort mehr, als Eid und Ketten.

(Man nimmt ihnen die Fesseln ab.)

Ernst und Volgst. (werfen sich zu des Sultans Füssen.) Gebiether! lest unsern Dank in diesen Thränen!

Sultan. Gut! — Wer seyd ihr?

Ernst. Teutsche Kriegsmänner. Mein Name ist Ernst, der Thüringer. Dieser heißt Volgstatt.

Sultan. Was bewog euch mit den Ungläubi‐
gen gegen uns auszuziehen?

Ernſt. Lehnspflicht! Wir folgten unſerm gnä‐
digen Herrn, dem Landgrafen von Thüringen.

Sultan. Verheelt mir nichts. Ihr ſeyd edler
Herkunft. Alles verräth euch.

Ernſt. Wir ſind arme Reiſige unſers gnädigen
Herrn Landgrafen.

Sultan. Wohl dem Herrn, der ſolche Kriegs‐
männer hat. — Wer ihr auch ſeyd; Ich ehre eu‐
ren Muth! (zu Achmet und dem Gefolg.) Entfernt
euch! —

Achmet. Sohn des Lichts! Es ſind Ungläu‐
bige!

Sultan. (mit bedeutender Verachtung.) Rittersmän‐
ner! Krieger! — Geht!

Siebenter Auftritt.
Sultan, Ernſt, Volgſtatt.

Sultan. Bleibt bey mir!

Volgſt. Wir ſind Euer.

Sultan. Ich will euch Würden geben und
Stellen unter meinem Kriegsvolk, nach dem Rang
eurer Tapferkeit.

Ernſt. Unſre Arme ſind zu Eurem Dienſt ge‐
gen alle Eure Feinde, unſre Landsleute ausge‐
nommen.

Sultan. Warum verlassen sie Weiber und Heimath, und ziehen aus, uns einen Fleck Landes abzuzwingen, der ihnen nicht frommt? —

Ernst. Unser Herr und Heiland wandelte dort in seiner Laufbahn.

Sultan. Ich versteh' euch nicht. Glaubt, was ihr wollt: aber nehmt den Turban.

Ernst. Wir sind gebohren und getauft auf unsern heiligen Glauben, und wollen ehrlich beharren dabey, bis zur letzten Stunde.

Sultan. Betet ihr nicht den Gott an, den wir anbeten? Es ist nur ein Gott! und Mahomet ist sein Prophet.

Ernst. Herr! wir sind Christen; fromm und einfältig in unserm Glauben. Zürne nicht.

Sultan. Seyd unbesorgt. Ihr sollet meine Freunde seyn; — drum bedenkt euch! —

(Auf ein Zeichen erscheint Achmet, mit dem Gefolge; der Sultan entfernt sich.)

Achter Auftritt.
Ernst. Volastart.

Volgst. Hatt' ich nun Recht, dich zu ermannen? Glaubtest du wohl, daß diese Fesseln so bald von unsern Händen fallen würden?

Ernst. (ihn umarmend) Vergieb mir! vergieb mir, und richte immer mich auf, wenn ich wanke.

Volgst. Traue der Vorsicht! Wir sind nun frey; unser Wort allein bindet uns, und leicht ist dem Mann von Ehre dieses Band.

C   Ernst

Ernst. Auch schwer! doch keimen neue Hofnungen wieder auf.

Volgst. Wir dienen einem gütigen Herrn, keinem Barbaren, wie unser Pöbelvolk sie alle schildert; einem Herrn, der uns traut: und das ist dem redlichen Diener viel werth. — Bey Gott! dabey könnt' ich der Heimath selbst vergessen.

Ernst. Auch des Weibes? Auch der Kinder?

Volgst. Warum nicht; wenn ihnen wohl ist. Hättest du dich ihm doch entdeckt!

Ernst. Nimmermehr!

Volgst. Ist er der Mann, es zu mißbrauchen? — Gewiß Heir, es wäre nur eine Stufe näher zu seiner Freundschaft. — Mich braunte es, dich zu verrathen. Vertrauen fordert Vertrauen. — Hinweg: dort seh' ich die Prinzessin!

(Sie entfernen sich)

Neunter Auftritt.

Fatime (unter dem Portikus des Harems, der an den Garten stößt). Zaide.

Fatime. Sie sind fort! Alles fort. Ruf ihn nun, gute Zaide.

Zaide. (unentschlüßig) - Prinzessin!

Fatime. Was schwur ich dir?

(Zaide geht zu Ernst und Volgstatt)

Zehnter Auftritt.

Ernst. und Volgstatt (an der andern Seite des Gar-
tens, indeß Fatime im Portikus wandelt.) Zaide.

Zaide. Willkommen hier, theure Landsleute!

Ernst. Du unsre Landsmännin? und hier?

Zaide. Ich bins, eine Teutsche, wie ihr.

Volgst. Und wer? wie? woher?

Zaide. Mein Vater ist ein Rittersmann aus
Jülich. — Es sind zehn Jahre, da zog er hin
mit andern Waffengenossen ins gelobte Land. Er
war alt und ich hing an ihm mit kindlicher Zärtlichkeit, entwich aus unserm Schloße, ihm nach,
ihn zu pflegen und zu warten. Er war zurück
mit einem Thüringer; ich traf ihn nicht, eilte
ebenfalls zurück, und ward gefangen.

Volgst. Sklavin also, wie wir?

Zaide. Gefesselt durch Freundschaft Liebe an
das edelste, sanfteste Weib, die Tochter des Sultans.

Ernst. Die Prinzessin?

Zaide. Dort ist sie, und verlangt Euch zu sehen.

Ernst. Mich?

Zaide. Euch; deswegen schickte sie mich hieher.
Wie ist Euer Name?

Ernst. Ernst, der Thüringer.

Zaide. Kommt!

Ernst. Fräulein! Ich glaubte, die Gesetze des
Harems —

Zaide. Sie ist verständig, gebildet, des Vaters Liebling, und darf viel wagen.

Ernst. Aber wie? wenn der Sultan erführe —

Zaide. Seyd unbesorgt, sie will euch wohl,
und ihr Schutz, ihr Wort vermag mehr, als der
Sultan selbst; denn sie beherrscht i h n durch En-
gelgüte.

Ernst. Was kann sie wollen?

Zaide. Gehorcht! — Es kann Euer Glück seyn.
— Geht! indeß weil ich bey Eurem Freund, uns
zu laben an Erzählungen und Geschwätz von der
werthen Heimath.

(Zaide und Volgstatt entfernen sich. Ernst naht
sich Fatimen, die den Portikus verläßt und
ihm entgegen kömmt.)

Eilfter Auftritt.

Fatime. Ernst.

Fatime. (vor sich). Er trägt keine Fesseln mehr!
— Ich werde dirs danken guter Achmet! (zu Ernst)
Du gehorchst unwillig, Fremdling? Du zögerst?
Ist dir meine Gegenwart zuwider?

Ernst. Soll der Sklav nicht zittern, wenn er
vor seine Gebieterinn tritt?

Fatime. Ich bin es nicht; ich will es nicht
seyn. — Laß mich deine Freundin werden.

Ernst. Prinzessin! Eure Huld erniedrigt mich
nur mehr.

Fatime. Wo bist du her, lieber Fremder?

Ernſt. Ein Teutſcher.

Fatime. Gewiß ein edler; deine Stirne, dein hohes großes Aug, deine Bildung verräth dich,

Ernſt. Ein armer, geringer Rittersmann, Prinzeſſin; weiter nichts.

Fatime. O daß ich die Erde ſehen könnte, die ſolche Sproſſen treibt von niedern Geſträuch! Und doch iſts ein kaltes Land, wie man ſagt.

Ernſt. Mag ſeyn: Aber es zeugt Menſchen heißen Gefühls.

Fatime. Wirklich? Und man liebt auch bey Euch?

Ernſt. Wo hat die Liebe in der weiten Schöpfung nicht ihren Wohnplatz?

Fatime. Und wie?

Ernſt. Man giebt ſich mit ganzer Seele dem Weibe hin.

Fatime. (freudig) Gewiß? Und Eure Weiber?

Ernſt. Hangen einzig am Mann, und einſt am Ebenbilde, den Kindern, und ſo treibt die Liebe fort in immer neuen Blüthen.

Fatime. Glückliche, ſelige Gefilde! Und du konnteſt ſie verlaſſen? Was zog dich hieher?

Ernſt. (traurig) Höhere Liebe,

Fatime. Höhere; Ich erſtaune.

Ernſt. Liebe zu dem Gott, den ich anbete; zu dem Glauben, den ich bekenne.

Fatime. Ich liebe deinen Glauben. Er erwärmt die Seele; ich habe von ihm gehört.

Ernst. Wessen Herz zög' Eure Huld nicht an sich?

Fatime. Du schmeichelst mir und sah'st mich doch nie.

Ernst. Engel verkündet die Glorie, die sie umgiebt.

Fatime. Ob mein Gesicht dich nicht Lügen straft? — (hebt den Schleyer auf.

Ernst. (im sprachlosen Entzücken und Erstaunen zu ihren Füßen fallend).

Fatime. Lieber! schein' ich birs noch?

Ernst. Dein Reiz erhöht mir das niederdrückende Gefühl meines Unwerths und Elendes; schone mein, Prinzessin!

Fatime. Nenne mich: Fatime! —

Ernst. Ist das der Name eurer überirrdischen Wesen?

Fatime. (ihn bey der Hand fassend). Deine Fatime!

Ernst. Ein Sklave dürfte dies wagen?

Fatime. Von jetzt an, der meinige. Ich verlange dich von meinem Vater. (ihren Arm um seinen Nacken schlingend und mit dem höchsten Ausdruck der Zärtlichkeit anblickend) Ach! ich fürchte, ich bin die deinige.

Ernst. (sich sanft ihren Armen entziehend). Du vergißt meine Herkunft.

Fatime. Herkunft? — Edle, liebende Wesen haben ja nur Eine. — In diesem offnen blauen

Auge ſpiegelt ſich hoher Sinn; Mitgift der Natur und ihre Krone! — Meine Seele deckt kein
Schleyer. — Ich liebe dich, ſüßer Fremdling!

Ernſt. Prinzeſſin! —

Fatime. (mit ängſtlicher Zärtlichkeit). Und du?

Ernſt. (in den heftigſten Kampf mit zitternder Stimme).
Schont meiner! Womit verdient' ein Unglücklicher Eure Liebe?

Zwölfter Auftritt.

Zaide, Volgſtatt. Vorige.

Zaide. Man wird Euch im Harem vermiſſen!

Fatime. Nie wird man dort meine Seele mehr
finden.

Zaide. Kommt! ich beſchwör' Euch.

Fatime. (zu Ernſt) Ich werde dich wieder ſehen!

Ernſt. Ich erwarte Eure Befehle.

Fatime. Befehle? — die Liebe hofft, wünſcht,
ſehnt, fleh't — ſie befiehlt nicht. — Könnt' ich
der Zeit doch Zefis Flügel anſetzen bis zum Wiederſehen.

(mit Zaiden ab.)

Dreyzehnter Auftritt.

Ernſt. Volgſtatt.

Volgſt. Bey allen Heiligen, ich faſſe das nicht! —

Ernſt. Gott! wie iſt mir!

Volgst. Was war das? Was sagte, was wollte sie dir?

Ernst Wunder! — Sie liebt mich!

Volgst. Sie? die Prinzessin? die Tochter des
Sultans? Dich? —

Ernst. Nur zu gewiß. Mit der offnen, liebens-
würdigen Unschuld einer Heiligen entdeckte sie mirs
so eben.

Volgst. Und was verlangt sie?

Ernst. Liebe um Liebe.

Volgst. Wunderbar genug! — Aber entdecktest
du ihr denn nicht?

Ernst. Was sollt' ich?

Volgst. Das du daheim ein Weib hast?

Ernst. Ach!

Volgst. Ein edles, geliebtes Weib?

Ernst. Ich vermochts nicht.

Volgst. Du vermochtests nicht?

Ernst. Sollt' ich das zarte holde Geschöpf
beugen? zurückstossen?

Volgst. Wahrlich, Herr, ich versteh' Euch,
ich kenn' Euch nicht mehr.

Ernst. Warum, Lieber?

Volgst. Seyd Ihr der biedre teutsche Mann,
mit ganzem Sinn an seinem häuslichen Weibe
hangend und an ihren kleinen Engeln, Euren
Knaben? — Was für ein Geist spuckt in Euch?

Ernst.

Ernst. Freund! ich kenne mich selbst nicht mehr. Diese heiße, zauberische Luft hat meine Seele abgespannt, meiner Fantasie Flügel angesetzt, und glühend ströhmt mein Blut zum Herzen! — Es ist mir so bang und so wohl. Mein eignes Wesen ist mir unbegreiflich.

Volgst. Sonderbar!

Ernst. O daß wir hin könnten in unsre Wälder und Gebürge, wo Frost und Eis die Kräfte spannt, die Seele hebt und die Nerven stählt. — Es würde, es müßte anders werden.

Volgst. Der Satan der Ruhe und des Müßiggangs könnt' uns entnerven. — Laß uns zum Kalifen gehen und Dienste fordern, oder Freyheit. — Komm!

Ernst. Ich folge dir!

(Volgstatt ab.)

Vierzehnter Auftritt.
Ernst allein.
(im stummen Kampfe umhergehend.)

Bertha! Bertha! — Flücht' ich denn umsonst zu diesem heiligen Namen? — Rastloses Sehnen treibt mich umher! — Lamprecht, Heinrich! o meine Kinder! mein Alles! ich will, ich muß zu Euch! Seyd meine Schutzengel gegen mein unbegreifliches Selbst! — Fort! ich will fliehen! — Aber Volgstatt? Aber mein Wort! mein Wort! Ein Christ, ein Teutscher gab's einem

Un=

Ungläubigen; er löste edelmüthig seine Bande!
Schändlich! — Umsonst! — Ha! hier ist Treulosigkeit Tugend? — Leb' wohl, Fatime! Fort,
fort, Ernst, du bist sonst verlohren!

(Verzweiflungsvoll ab.)

Dritter Aufzug.

Erster Auftritt.

Ernst allein.

Bin ich wieder hier? Vermocht' ich wohl zu
fliehen? Hier sah ich sie. Hier flattert ihr lieblicher Odem noch in der Luft; hier hob sie ihren Schleyer und mir öffnete sich der Himmel
mit all' seiner Herrlichkeit! — Hier fesselt mich
Wort und Pflicht. — Wenn Volgstatt mich vermißt hat! — Ernst! Ernst! was ist mit dir vorgegangen?

Zweyter Auftritt.

Fatime und Zaide (unter dem Portikus).

Fatime. Er ist fort! — Eil ihm nach Zaide,
ich will, ich muß ihn sprechen,

Zaide. Prinzessin, bedenkts, was Ihr Eurem
Stande schuldig seyd.

Fatime. Fatime liebt, Fatime will geliebt, will glücklich ſeyn! Ich bin nur Fatime!

Zaide. Doch ein Weib! und dem ziemt es
nicht, ſich vorzubrängen. Zurückhaltung iſt die
erſte Tugend unſers Geſchlechts.

Fatime. Zurückhaltung? und das nennſt du
Tugend? Die Natur gab mir ja das Herz. Seit
ich ihn ſah, umfaß ich alles mit brennender Liebe; alle Weſe, die Roſen, dieſe Bäume ſogar
ſind meinem Herzen ſo nah! Ich möchte Liebe
ausgießen auf alles, was um mich iſt und webt.

Zaide. Süßes Geſchöpf!

Fatime. Alles um mich her ſollte froh ſeyn
und glücklich. — Und das wäre nicht Tugend?

Zaide. Wo iſt die Seele, die das alles faſſe
und erwiedere?

Fatime. Ernſt hat ſie! — ſie blickt aus ſeinen
großen liebevollen Augen.

Zaide. Du ſprachſt ihn nur Einmal. Kennſt
du ihn auch genug?

Fatime. Verwandte Seelen kennen ſich, finden
ſich, ſpät oder früh, hier oder dort. Wohl mir,
ich fand die Meine!

Zaide. Heilger Gott! wenn ein ſolches Herz
getäuſcht würde!

Fatime. Sorge nicht, Liebe! er iſt ein edler
und tapferer Mann. In ſeinem Arme ſchläft die
Unſchuld ruhig.

Zaide. Aber wozu nützt dir diese Leidenschaft, die dich nur unglücklich machen kann?

Fatime. Unglücklich? War ich's nicht, als dieses Herz, öde wie die brennende Wüste, an nichts haftete? Sehnsuchtsvoll ich am Morgen die Arme ausstreckte nach der holden Schöpfung täuschender Freuden? — und jetzt sollt ichs seyn, oder werden? jetzt, da die Morgenröthe zum erstenmal mich freundlich anlächelt? Lieb' und Empfindung mein Wesen verklärt?

Zaide. Und ans Ende denkst du nicht?

Fatime. Mit Entzücken! Ich werde hinüberschlummern an seiner Brust, und Mahomet wird zugleich uns hinführen zum Thron der Gottheit und Liebe.

Zaide. Fatime, du vergißt dich! Vergißt, daß es ein Sklave, deines Vaters Sklave ist, den du liebst.

Fatime. Für mich ist er der Herrscher der Schöpfung.

Zaide. Wenn der Sultan diese Neigung entdeckt, wird er sie nicht entehrend, nicht strafbar finden?

Fatime. Könnt' er das?

Zaide. Er wird euch trennen.

Fatime. (in ihrem Busen sich verbergend.) Trennen von ihm?

Zaide. Man wird ihn mit Fesseln belastet in den fürchterlichsten Kerker werfen.

Fatime.

Fatime. (mit steigender Angst.) Hör' auf, Grausame!

Zaide. Vielleicht ihn mit erfinderischer Wildheit langsam peinigen und tödten!

Fatime. (außer sich.) O stille, Furchtbare!

Zaide. Wie dann, Fatime? Wirst du dich nicht anklagen als seine Mörderin? nicht blutige Reuethränen weinen über seiner Leiche?

Fatime. Nein! denn auch ich würde nicht mehr seyn.

Zaide. So laß den Unglücklichen!

Fatime. Du tödtest mich! —

Zaide. Vergieb der Stimme der Freundschaft und Pflicht. Vergiß ihn! Die Natur hat einen unübersteiglichen Abgrund zwischen euch gerissen.

Fatime. Ich will hinabstürzen an seiner Hand.

Zaide. Wie?

Fatime. Fliehen! —

Zaide. Heiliger Gott!

Fatime. In eurem Vaterlande wird doch irgend Eine gastfreye Hütte seyn, zwey arme Liebende aufzunehmen.

Zaide. Man wird euch verfolgen.

Fatime. (ihren Dolch aus dem Gürtel ziehend.) Dann hat er Muth und ich!

Zaide. Wird er aber auch wollen?

Fatime. (traurig.) Du erschreckst mich!

Zaide. Bist du denn seines Herzens gewiß?

Fatime. Ach, Zaide! Zaide! du weißt es besser. — Kann er ein Herz zurückstoßen, das ihn umfaßt mit so gränzenloser Zärtlichkeit?

Zaide. Nein, Fatime! Aber er ist kein Jüngling, er ist Mann; wenn er nur liebte, liebte in seiner Heimath?

Fatime. Schrecklich!

Zaide. Abwesenheit und Leiden diese Liebe mit Strahlen umfaßte?

Fatime. Namenlos schrecklich!

Zaide. Wie dann, meine Freundin?

Fatime. O daß mein sorgloses, allzuempfängliches Herz d a r a n nicht dachte!

Zaide. Zwar nur Vermuthung. —

Fatime. Wohl mir! du weißt nichts?

Zaide. Aber wenn sie wahr wäre!

Fatime. O ruf' ihn! ich will, ich muß es wissen! Die Pein der Hölle ist nichts gegen das, was ich leide.

Zaide. Ruhiger, Fatime!

Fatime. Mitleid! Vielleicht ist es zum letztenmal.

(Zaide ab.

Dritter Auftritt.

Fatime allein.

Unglückliche Fatime! wenn es wahr wäre, wenn er liebte! dein Herz verschmähte!

Vier-

Vierter Auftritt.
Fatime, Ernst.

Fatime. (ihm entgegen.) Du weichst mir aus? Ich sehe dich nie ungerufen.

Ernst. Prinzessin! Ehrfurcht verbietet mirs.

Fatime. Ehrfurcht? damit erwiederst du meine Liebe?

Ernst. Ich bin ihrer unwerth.

Fatime. Als ob man darüber selbst richten könnte! — als ob ichs selbst vermöchte! — Kalifen warben um meine Hand, und ich blieb ungerührt; ich sah dich und liebte dich. Dahin war mein Stolz, ich kannte von dem Augenblick keinen, als: dein zu seyn. Und so lohnst du mirs?

Ernst. Was kann ein Sklave mehr, als Euch im Staube bewundern und anbeten?

Fatime. Ists das, was ein Herz wie meines verlangt? Ernst! Ernst! willst du die Gewalt mißbrauchen, die ein Zauberähnlicher, unwiderstehlicher Zug dir über das Herz eines liebenden Mädchens giebt?

Ernst. Nein! nein! bey unserm Gott, mit meines Blutes lezten Tropfen möcht' ich dein Glück erkaufen!

Fatime. Ich kenne keins, als dich zu sehen, dir nahe zu seyn. — Wo warst du indeß?

Ernst.

Ernst. Laßt mich schweigen.

Fatime. Du tödtest mich!

Ernst. Verzweiflungsvoll irrt' ich umher. Das Gefühl meines Elends trieb mich fort. — Ich versucht' es, zu fliehen.

Fatime. Fliehen! Allein? Entsetzlich! und wohin?

Ernst. Fort! fort von einer Gegend, wo mein eignes Selbst sich verliert, alles mich fesselt und fortstößt, alles mich peinigt.

Fatime. (schmerzvoll.) Auch meine Liebe?

Ernst. Wüßtet ihr —

Fatime. Du willst fliehen, Treuloser, und dein Wort hält dich nicht zurück? —

Ernst. Ach Tugend lag in diesem Meineid.

Fatime. Fliehen, und ein Weib zurücklassen, dessen Herz du fühllos durchbohrtest?

Ernst. O vergebt mir!

Fatime. Ahndetest nicht, daß sie dir folgen, daß sie dich aufsuchen würde am Ende des Erdkreises? Ha! und fand ich dich dann, so blieb mir noch Ein Mittel, dich nie mehr zu verlassen: (zeigt auf den Dolch in ihrem Gürtel.)

Ernst. Schrecklich!

Fatime. Ernst! Ernst! hätt' ich mich getäuscht — und dieses sanfte Auge, sonst doch der Seele treuer Spiegel, wär' die trügerische Larve eines kalten fühllosen, für der Liebe Adel und Freuden unempfänglichen Herzens? — Hätt' ich! o weh mir!

Ernst. Beym Himmel, nein! seine Gluth, seine Empfänglichkeit für Liebe ist mein Unglück.

Fatime. Und was bewog dich zurückzukehren?

Ernst. Laß mich schweigen d a v o n auf ewig.

Fatime. Nimmermehr.

Ernst. (zu ihren Füßen.) Fatime! dein Reiz, diese Engel gleiche, unaussprechlich süße Zartheit und Unschuld der Empfindung, hat meine Seele aufgelöst in Gefühle, mir selbst unbegreiflich! — Hat mein Wesen entzündet mit unerklärbaren Flammen. — Ich vermags nicht, zu fliehen, nicht, zu bleiben! Nicht mehr diese zermalmende Blicke! Laß mich in öder Abgeschiedenheit mein verlornes Selbst wieder suchen.

Fatime. Steh' auf, (sich an seinen Nacken lehnend) O wenn das wahr wäre!

Ernst. Wahr! bey dem Wort eines Teutschen, nur zu wahr! —

Fatime. Und doch wolltest du mich verlassen? — Wenn aber auch wahr wäre Zaidens Ahndung?

Ernst. Zaidens?

Fatime. Eine Geliebte deiner Heimath dich hinweggriffe aus meinem Arm?

Ernst. (äußerst betroffen.) Fatime!

Fatime. Einzig besäße ein Herz einen Mann, ohne den Fatime nicht länger leben kann, leben will?

Ernst. Ists möglich? Ihr glaubt — !

Fatime.

Fatime. O bekenne mirs, bey dem, was dir heilig und werth ist, bekenne mirs!

Ernst. Schone mein! —

Fünfter Auftritt.
Achmet. Vorige.

Achmet. (nach orientalischer Verbeugung.) Prinzessin! der Sultan kommt, Euch zu sprechen.

Fatime. Ich erwarte seine Befehle. (zu Ernst.) Alsdann sollt Ihr mehr mir erzählen!
(in den Portikus vorwärts.)

Sechster Auftritt.
Achmet, Ernst.

Achmet. Wie kommst du hieher?

Ernst. Die Prinzessin ließ mich rufen.

Achmet. Geh! ich werde dir Arbeit anweisen.
(Ernst ab.)

Siebenter Auftritt.
Achmet allein.

Erzählen? Mehr erzählen? — Wir wollen sehen! — Ja! ja! ich kenne schon diese Vorliebe für die Franken. — Beym Ali, Achmet! das ist eine Entdeckung für den Sultan, die dein Glück machen kann. — Haßan! Haßan! deine Stelle ist mein.

Achter

Achter Auftritt.

Sultan und Gefolg.

Sultan. Trafst du meine Tochter im Garten?

Achmet. Ja, mein Gebieter!

Sultan. Wird sie kommen?

Achmet. Sie erwartet Euren Befehl.

Sultan. (giebt einem der verschnittenen ein Zeichen. Zu Achmet.) Geh!

Achmet. Beherrscher der Gläubigen!

Sultan. Was willst du?

Achmet. Pflicht bringt mich, Euch eine wichtige Entdeckung zu machen.

Sultan. Rede!

Achmet. Ich traf hier die Prinzessin in Unterredung mit Ernst, dem Christensklaven.

Sultan. Was noch?

Achmet. Sie war allein.

Sultan. Unter Gottes freyen Himmel? — Weiter!

Achmet. Auch Hasan, der Oberaufseher des Harems, abwesend.

Sultan. Und dir lüstet nach seiner Stelle?

Achmet. Verzeiht!

Sultan. Elender! du zweifelst an Fatimens Tugend?

Achmet. Mein theurer Gebieter!

Sultan.

Sultan. Genug! höre! ich habe Fatimen erlaubt, Menschen zu sprechen. Denn Menschen, bilden den Menschen! Gehe!

(Achmet entfernt sich beschämt.)

Neunter Auftritt.

Fatime, Sultan.

Sultan. (winkt dem Gefolg zurückzugeben.) Theure Fatime! (küßt sie auf die Stirne.) Aurora Erwacht nicht so schön, als du heute glühst!

Fatime. Eure Liebe ist die Morgenröthe; dies nur der Wiederschein.

Sultan. Deine ist das Glück meines Alters. — Der immer wache, nie satte Neid weiß dies, und darum sucht er es zu vergiften.

Fatime. Wie, mein Vater?

Sultan. Man befleckt deine Tugend mit schwarzen Verdacht. Man zeyht dir ein Verständnis mit einem der Sklaven, die ich der Fesseln entließ.

Fatime. O mein Vater! (zu seinen Füßen stufend.)

Sultan. Ruhig. Du sieh'st, ich lächle. Du ließt ihn rufen?

Fatime. Ja, mein Vater.

Sultan. Womit unterhielt er dich?

Fatime. Mit anmuthigen Erzählungen von den Sitten seines Volks und ihrer Weiber.

Sultan. Gut! Diese elenden Unwissenden haben keinen Begriff für den wahren Genuß des

Lebens Du weißt, ich verlebte einen Theil meiner Jugend unter fremden Völkerſchaften. Dort
ſah' ich deine Mutter, dort und in ihren Armen
lernte ich, daß Kenntniſſe unſere Glückſeeligkeit
erhöhen, und daß Zwang und Mauern ein elender Wahn der weiblichen Tugend ſind. — Nach
dieſen Grundſätzen erzog ich dich, als deine
Mutter ſtarb; und ſo blütheſt du auf, gleich einer Roſe, und der Duft deiner Anmuth, deiner
Kenntniſſe, gießt Wonne und Freude über die
letzten Tage meiner Wallfarth.

Fatime. Mahomet laſſe ihr Ziel weit entfernt
ſeyn!

Sultan. Der Wink meiner Väter ruft mich am
Abend des Daſeyns in ihren Reihen. — Dein
Glück vorher feſt gegründet zu ſehen, iſt jetzt mein
einziger Wunſch. Und deswegen kam ich, mit
dir zu ſprechen.

Fatime. Eure Liebe, Euer Wohl! und nichts
fehlt zu meinem Glück.

Sultan. Meine Pflicht iſt, dich an meiner Hand
der Beſtimmung der Natur entgegenzuführen; dir
einen Beſchützer zu wählen, wenn ich nicht mehr
es ſeyn kann.

Fatime. Hinweg, mein Vater, mit dem fürch-
terlichen Gedanken!

Sultan. Der Kalife Omar, du weißt's, wirbt
längſt um deine Hand. Er iſt ein tapfrer, edler
und ſanfter Mann. Ich beſtimme ihn für dich.

Fatime.

Fatime. (entsetzt.) Mein Vater!

Sultan. Er hat mein Wort. — Morgen kommt er, dich abzuholen.

Fatime. (mit dem Schrey des Entsetzens zu seinen Füßen sinkend.)

Sultan. Fatime! Tochter! was ist dir?

Fatime. Tödtet mich, oder widerruft dieses fürchterliche Urtheil!

Sultan. Was ist dir? ich begreife dich nicht. —

Fatime. Euch verdank' ich alles, mein Daseyn, meine Bildung. — Wollt Ihr alles zurücknehmen?

Sultan. Ich will dein Glück, und diese Verbindung wird es gründen.

Fatime. Unabsehliches Elend!

Sultan. Fatime! Wenn ein jugendlicher, tapfrer, edler Gemahl dich nicht beglücken kann, wer soll, wer könnt' es denn?

Fatime. Ihr! — Laßt mich an Euch hangen, nur leben für Euch, und von und für Eure Liebe!

Sultan. Ich bin alt: und was bliebe dir dann?

Fatime. Euer Grab.

Sultan. Widerstrebe nicht, geliebte Tochter!

Fatime. Mitleid, mein Vater!

Sultan. Er hat mein Wort.

Fatime. Nun — dann habe der Tod das meine!

Sultan. Fatime! iſt das der Lohn all' meiner Zärtlichkeit, meiner Sorgfalt für dich?

Fatime. Vernichtet mich, oder zürnt; es iſt Eins für mich.

Sultan Gehorche!

Fatime. Dort unter den friedlichen Platanen ſoll mein Staub ruhig Eurer Befehle harren.

Sultan. (nach einer Pauſe voll Kampfes, worin der Zorn den Sieg erringt.) Zittre, Undankbare!

(entfernt ſich. Fatime bleibt unbeweglich auf der Erde liegen.)

Zehnter Auftritt.
Fatime, Zaide.

Fatime. Mein Vater! mein Vater!

Zaide. (herbeyeilend ſie aufrichtend.) Gott! Was iſt dir?

Fatime. Undankbare! — Laß mich ſterben in ſeinem Arm, und dankbar will ich dir mein Daſeyn zurückgeben.

Zaide. Ich faſſe das nicht: Was iſt vorgefallen?

Fatime. (an ihren Buſen.) Ach! du würd'ſt es nie faſſen; denn nur in dieſem Lande kann man bis auf einen ſolchen Grad elend werden.

Zaide. Du, mit all' dieſen Glänzenden Anſprüchen auf Glück?

Fatime.

Fatime. (mit schmerzvollem Lächeln). Ein geheimer Wurm nagt in dieser gleißnerischen Blume. — Genug! ich bin gefaßt; aber, Zaide, wenn dir Fatimens Tage lieb sind, so rufe meinen Ernst — Augenblicklich ruf ihn. —

Zaide. Wie? du wagtests noch?

Fatime. Diese Momente entscheiden über alles. Du zögerst? — (ihr um den Hals fallend), Mein Daseyn hat also keinen Werth mehr für dich?

Zaide. Ich flieg! kostete es auch das Meine! Ha! hier ist er selbst! —

(sie entfernt sich.)

Eilfter Auftritt.

Fatime, Ernst.

Fatime. (an seinen Hals). Man will uns trennen!

Ernst. Ich komme dir das letzte Lebewohl zu sagen.

Fatime. Du?

Ernst. Der Sultan hat die Bitte meines Freundes gewährt. Er sendet uns in seine Provinzen gegen die Rebellen.

Fatime. Du wolltest mich verlassen?

Ernst. Krieg und Tod kann mich allein — mir selbst, kann mir Ruhe geben.

Fatime. Und Fatime? was soll aus ihr werden?

Ernst. Vergiß mich auf ewig!

D 5 Fatime.

Fatime. Da kannst du verlangen? (sie reicht ihm ihren Dolch) O vollende, Geliebter! tödte mich wenigstens, als b e i n e Braut, eh' ich die eines andern werden muß!

Ernst. (bestürzt). Eines Andern?

Fatime. Mein Vater verkündete mir die Ankunft meines neuen Gemals.

Ernst. Wenn das?

Fatime. Jezt! Du zögerst? Ich hasse das Leben ohne dich.

Ernst. Fatime!

Fatime. Ernst!

Ernst. (den Dolch sinken lassend, und in Thränen ausbrechen). O Fatime! Weh mir, daß ich dich sah! —

Fatime. Du liebst mich nicht?

Ernst. Ob ich dich liebe? Daß du mein wärst! seyn k ö n n t e s t! seyn d ü r f t e s t!

Fatime. Du liebst mich? O alle H o u r i s des Paradieses hört es: e r l i e b t m i c h!

Ernst. Heilige des Himmeln! werft einen erbarmenden Blick herab auf den Verbrecher!

Fatime. Du wolltest d o c h mich verlassen?

Ernst. Ich muß! —

Fatime. Wie der Epheu die Ulme, umschling ich dich: Ich bin deine Welt! Grab und Paradies haben in mir und dir nur Ein Wesen.

Fatime. Fatime! du bedenkst nicht. —

Fatime. Alles!

Ernst. Was willst du?

Fatime.

Fatime. Fliehen!

Ernst. Fliehen?

Fatime. An deiner Seite!

Ernst. Wohin?

Fatime. In deine Heimath.

Ernst. Gott, du weißt nicht! du ahnd'st nicht! —

Fatime. Die Gefahren? Lächelnd geh' ich den furchbarsten entgegen.

Ernst. Am Armen eines Sklaven?

Fatime. Meine Liebe krönt ihn.

Ernst. Hülflos, beraubt all' seines Eigenthums? Elend und Mangel würde dich verfolgen und dieser Anblick mich tödten.

Fatime. Ich habe Kleinodien und sie sind dein.

Ernst. Ha! du verachtest mich? ich bin ein Teutscher, ein Edelmann.

Fatime. Stolzer! Ist das Liebe: dem Gelieb-ten sein Glück nicht verdanken wollen?

Ernst Nein, nein; der Mann muß dem Wei-be nichts verdanken, als ihre Liebe.

Fatime. Selbstsüchtiger! o wie weit hast du zu der Zartheit des weiblichen Gefühls, das Won-ne findet in dem Gedanken, alles hinzugeben für seinen Geliebten! Doch du willst; hinweg also mit diesem glänzenden Nichts! Mangel soll dich nie erreichen. Fatime kann arbeiten, kann Früch-te auflesen für dich und Wurzeln für sich selbst.

Ernst.

Ernst. Engel! schone meiner mit dieser zauberischen Güte. — Wüßtest du, was ich fühle in diesen furchtbaren Momenten!

Fatime. Ich, Ernst, fühle nur die Wonne, dir anzugehören.

Ernst. Wie? du bist also entschlossen? —

Fatime. Nicht mehr von dir zu weichen! dich zu begleiten an der Welten Ende!

Ernst. All' die Gefahren, die Verfolgungen eines erzürnten — eines mächtigen Vaters, die Mühseligkeiten einer langen Reise in ferne Gegenden, tödlich so manchem Manne, rechnest du für nichts? — Vergißt die Zartheit dieses himmlischen Körpers, gewebt von der Natur aus ihrem edelsten, ätherischen Stoffe?

Fatime. Liebe wird mich geleiten über Felsen und Dornen, über Gebürge und Abgründe! und wenn ich falle, fall' ich an deiner Seite.

Ernst. Fatime! Fatime! Pein der Verdammniß ist nichts gegen mein Leiden.

Fatime. Falscher du suchst Ausflüchte!

Ernst. Erbarmung, Geliebte!

Fatime. Folge mir!

Ernst. Holdes, süßes, allmächtiges unbegreifliches Wesen, Erbarmung!

Fatime. Ernst! was ist dir?

Ernst. Die Hölle wüthet in meinem Busen.

Fatime. Ich versteh' dich nicht!

Ernst.

Ernst. Höre das schrecklichste — und du wirst mich versteh'n — und verabscheuen!

Fatime. Dich?

Ernst. Gottheit, Natur, Gesetze, alles hat einen furchtbaren unübersteiglichen Abgrund zwischen uns geöffnet!

Fatime. Zwischen uns? Kaum athm' ich noch; Rede!

Ernst. Laß mich schweigen, um des großen Gottes willen, laß mich schweigen!

Fatime. O rede, oder ich sterbe zu deinen Füßen.

Ernst. Laß mich fort, eh' Schaam und Verzweiflung mich todt zu den deinigen stürzt!

Fatime. Ernst! der furchtbare Todesengel hört mich, rede oder ich bin sein auf ewig!

(Sie nimmt den Dolch wieder auf)

Ernst. (mit verdecktem Gesicht, sinnlos zu ihren Füßen stürzend). Ich habe ein Weib!

Fatime. (in sprachlosen Erstaunen, einige Zeit stehen bleibend). Ein Weib! (ruhig und zärtlich) Und das verbargst du mir?

Ernst. Laß mich fort; mich vor dir und dem ganzen Erdkreis auf ewig verbergen.

Fatime (noch zärtlicher). Ein gutes, edles Weib?

Ernst. (glühend). Nächst dir das edelste!

Fatime. Ein geliebtes Weib?

Ernst. Es sind neun Jahre, daß sie mich liebt! an mir hängt mit treuer, fester, keuscher, tugendsamer Zärtlichkeit.

                              Fatime.

Fatime. Und du liebteſt ſie nicht, Undankbarer?

Ernſt. Verbanne mich von deinem Anſchaun, von allen irrdiſchen Glück; aber ſchätze mich wenigſtens! Ja, Fatime, ich liebe ſie.

Fatime. Steh' auf, Geliebter! —

Ernſt. Wie, und doch wär' ich dir noch werth?

Fatime. Theurer als jemals. Sie iſt dein erſtes Weib, ſie hat Anſprüche auf dein Herz, die der armen Fatime fehlten. Ihr gebührt der erſte Platz in deinem Herzen, aber laß mir den zweyten!

Ernſt. Himmel! — Sie iſt mein Weib, mein angetrautes Weib!

Fatime. Und Fatime dein zweytes!

Ernſt. Gott!

Fatime. Dein Glaube iſt der meine. Er beſtätige unſern Bund.

Ernſt. Iſts möglich?

Fatime. Nein, Ernſt! dieſe neidiſche, ſelbſtſüchtige Liebe, die alles allein fordert, nach allem ausſchließend geizt, iſt nicht die meinige. Ich liebe dich! Richte mich in dir! — Ich liebe dein Glück. Der Friede deiner Seele iſt der Meine. Du liebſt dein Weib, und dir liegt Freude in dem Gefühl! — Liebe ſie! — Sie hängt an dir, und ihre Zufriedenheit. Sollt' ich hämiſch ſie trüben? — Ernſt! blick in dieſes Herz; es iſt Flamme darinnen, euch Beyde und mein Glück mit heißer Liebe zum umfaſſen.

Ernſt,

Ernſt. Süßes, überirrdiſches Weſen! hienie-
den iſt nicht deine Heimath. — Du fürchteſt nicht?—

Fatime. Das dein Weib mich haſſe? Sorge
nicht, Theurer! Ich will ihr dienen mein Leben-
lang; will ihre Sklavin ſeyn; will horchen auf
jeden ihrer leiſen Wünſche und Gedanken. —
Sorge nicht, Fatime iſt ein ſo harmloſes, fried-
liches Geſchöpf. Gewiß, ſie wird es freundlich
aufnehmen. Sie wird mir gönnen einen Winkel
in eurer Hütte, und deine Liebe wird mir alles
überſchwenglich lohnen.

Ernſt. Ach, Fatime! dieſe himmliſche Sanftheit vollendet nur mein Unglück.

Fatime. Wie, Ernſt! Noch kehrt der Friede
nicht in deine Seele zurück?

Ernſt. Er iſt auf ewig dahin!

Fatime. Unbegreiflicher! Undankbarer!

Ernſt. Eine undurchdringliche Mauer ſteht zwi-
ſchen uns.

Fatime. Wir reißen ſie nieder!

Ernſt. Wag' es nicht, ſie iſt heilig.

Fatime. Wer errichtet ſie?

Ernſt. Meine Kirche, mein Glaube! —

Fatime. Dein Glaube? Er verböthe drey ein-
trächtigen Weſen, daß ſie ſicher und friedlich ſich
lieben dürfen? Unmöglich! Wenn das dein Glaube iſt, ſo glaubſt du nicht an den Gott, den ich
anbete! denn er iſt die Quelle der Liebe: aus ihm
fließt die meinige, rein und unſchuldig, wie er ſelbſt!

Ernſt.

Ernst. Unsre Gesetze verurtheilen mich.

Fatime. Ist dein Vaterland nur die Heimath der Verbrecher und Bösewichter? Hat keusche, tugendsame Liebe dort keine Freystatt? Wohlan; die Schöpfung, sagt man, ist unermeßlich, und ein kleiner Raum soll uns genügen.

Ernst. Mitleid, Geliebte! Fühltest du, wie all' das auf mich stürmt, mich zermalmt! —

Fatime. Fasse dich! Aber spiele nicht grausam mit der Ruhe eines liebenden Weibes! — We-nige Stunden sind noch mein. — Bald erwart' ich dich wieder! —

(entfernt sich,

Zwölfter Auftritt.

Ernst allein.

Weh' mir! weh' mir! Fatime! Bertha! — O daß ich versinken könnte in diesen Abgrund von Leiden und Zweifeln, von Scham und Reue! — Bertha! treues, edles Weib, ich sollte mein-eidig dich verlassen? — Unmöglich! bis zum To-de hang ich an dir! Fatime! himmlisches We-sen, deren Anblick mit zauberischer Allmacht mein ganzes Daseyn in Liebe und Empfindung auflöst, die du mit überschwenglicher Zärtlichkeit mich liebst, dich sollt' ich fühllos ermorden? Heilige des Himmels, betet und ringt für mich! — Ich erliege — Ha, Volgstatt!

Dreyzehnter Auftritt.

Volgstatt Ernst.

Volgst. Wo bist du, Herr der Sultan vermißt dich.

Ernst. Unruhe und Kummer treibt mich umher.

Volgst. Kummer? — Das Glück lächelt uns freundlich. Der Sultan schenkt uns sein Vertrauen. — In einer Stunde reisen wir.

Ernst. Vermöcht' ichs doch!

Volgst. Wie, Graf? Unsre Kameele sind gepackt. Komm!

Ernst. Umsonst!

Volgst. Ich versteh' dich nicht. — Der Sultan löst unsere Bande, und du trauerst? Er übergiebt uns sein Kriegsvolk, und du zögerst? Du, dem Kampf und Krieg sonst Fest war?

Ernst. Ach! damals.

Volgst. Was ist dir? Was hätt dich hier?

Ernst. Mehr als Fesseln und Tod.

Volgst. Herr! was ist mit dir vorgegangen? Seit wann verschließt du mir dein Herz?

Ernst. Oeffn' es und du wirst blutige Thränen weinen.

Volgst. Unbegreiflich! welcher böse Geist wühet in dir?

Ernst. (noch im heftigen Kampf). Liebe!

Volgst. Wie? Liebe? und jetzt?

Ernst. Die Prinzessin liebt mich.

Volgſt. Ich weiß es. Aber du?

Ernſt. Ich Unglücklicher bete ſie an!

Volgſt. (mit edlem Unwillen) Bertha's Gemahl?

Ernſt Ha! dies iſt der Geiſt mit dem ich ringe!

Volgſt. Unmöglich, der edle Graf von Gleichen, ſonſt mit teutſchen Biederſinn an ſeinem
treuen Weibe hangend, könnte nun ſie verſtoßen?

Ernſt. Beym Allmächtigen, nein!

Volgſt. Warſt du nicht immer der Mann deines Weibes, treu und keuſch, wies einem Edlen
ziemt, und du wollteſt nun vergeſſen den Schmuck
deines Adels? mit Füßen treten, was Sitte und
Glaube dir gebeut, und einer buhleriſchen Lieb-
ſchaft fröhnen?

Ernſt. Halt ein!

Volgſt. O der unerhörten Treuloſigkeit! Deine
arme verwaiſte Bertha, das Muſter weiblicher
Tugend und Keuſchheit, ſollte aufgeopfert werden
ſchändlicher Wolluſt? — O des abſcheulichen
Verraths!

Ernſt. (ihm Fatimens Dolch reichend). Räche ſie
und tödte mich!

Volgſt. Ernſt! Ernſt! — Hat denn dieſer heiße Himmelsſtrich alle Kraft in dir aufgetrocknet
zur Tugend emporzuſtreben? Alles Beſinnen,
was du warſt, was du biſt, was du dir ſchul-
deſt und deinem Stande?

Ernſt. O hätt' es! o brennte es doch nicht hier!

Volgſt. Haſt du vergeſſen, daß du Gatte biſt

Ernſt. Hinweg! Ueberlaß mich! mir ſelbſt!—
Ich ertrage dein Anſchauen nicht länger! hinweg!

Volgſtatt. Ich will es! — Ich erkenne dich
nicht mehr! Dem redlichen, den tapfern, dem
biedern Grafen ſchwur ich meinen Lebens-Eid!
— Er iſt nicht mehr, und der Eid iſt ge-
löſt! Dem teutſchen, dem keuſchen, dem edlen
Ernſt ſchwur ich, zu folgen bis zum Tod. —
Er iſt dahin, er iſt im Grabe für mich
— und ich bin des Schwurs quitt — (im Begriff
abzugehen.)

Ernſt. (ihn nachſehend.) und keine Thräne, nicht
Eine Thräne für den Unglücklichen?

Volgſtatt. Hier brennt ſie!

Ernſt. Volgſtatt!

Volgſtatt. (mit Rührung.) Ernſt!

Ernſt. (in ſeine Arme.) Laß mich feſt an dein
Herz drängen, daß ich ſein werth werde!

Volgſtatt. Unglücklicher, folge mir!

Ernſt. Ich kann nicht!

Volgſt. (ihn loslaſſend.) Wie?

Ernſt. Soll ich fühllos ein holdes Geſchöpf
opfern, das mit ſchuldloſer Seele ſich mir hin-
giebt?

Volgſtatt. Fliehe! eh' Wahnſinn dich ergreift.

Ernſt. Kennteſt du Fatimen! Ganz Anmuth
und Lieblichkeit, ganz Unſchuld und Natur, ganz
Güte und Sanftheit! — Ich habe Glauben und

E 2
Tu-

Tugend, irrdische Liebe zu bekämpfen, aber
sie ist ein himmlisches Wesen.

Volgstatt. Gut! und was willst du mit ihr?

Ernst. Ihre Mutter war eine Christin. Von
ihr sog sie Liebe ein zu unsern Glauben, sie
wird ihn annehmen. —

Volgstatt. Und dann?

Ernst. Unsere Freiheit bewirken, ziehen mit
uns in unsere Heimath.

Volgstatt. (ihn scharf ins Aug' fassend.) Und dann,
Ernst! und dann?

Ernst. (furchtsam die Augen niederschlagend.) Und
dann? —

Volgst. Du hast ein Weib!

Ernst. Sie weiß es!

Volgst. Und du wolltest ihre Treue erwiedern
mit Treulosigkeit?

Ernst. Bey Gott! Nein!

Volgst. Liebst sie noch?

Ernst. So wahr mir der Himmel gnädig sey!
Auf ewig! Auch das weiß sie!

Volgstatt. Auch das? Aber auch unser Gesetz?

Ernst. Volgstatt! Wenn die Natur nur zwey
Wesen schaft, gleich edel, gleich liebenswerth,
mit gleicher beharrlicher, einziger fester Leidenschaft an Einem Manne hangend, nur ihn und
gerade ihn liebend in der weiten Schöpfung. —
Was gebeut ihm das Gesetz? — Welcher soll

er den Dolch ins Herz stoßen? Auf welcher Grab mit der andern den Bund der Liebe feyern?

Volgstätt. Bertha ist dein erstes, dein einziges, dein rechtmäßiges Weib.

Ernst. Könnt' ich acht Jahre meines Lebens zurückrufen, und Bertha und Fatime hätten mein Herz gespalten, wie jezt! —

Volgstatt. Und das Ende alles dessen?

Ernst. Weiß ich es selbst? —

Volgst. Armer Freund! Wie weit geht die Bezauberung, die deine Vernunft fesselt! Glaubst du, der Sultan von Alkaire werde je zugeben, daß seine Tochter ihn, ihren Stand, ihren Glauben verlasse, nm Christensklaven nachzuziehen?

Ernst. Lasse des Schicksals Wogen ihr Spiel!

Volgstatt. Was verlangst du von mir?

Ernst. Zög're unsre Abreise!

Volgst. Gut, ich will es! — Aber, Graf, handelt nicht treulos an Eurem Weibe, schändet nicht Euer Vaterland, oder es wird eine Zeit kommen, wo ich, ja ich selbst, Euch vor seinem Richterstuhle anklage!

(ab.)

Vierzehnter Auftritt.
Ernst allein.

Furchtbarer! Wenn Schande mich brandmarkt, so mag dort mein Schatten dir antworten! — O des drückenden Gewichts der Tugend! Ver-

mocht' ichs wohl, ihm Fatimens Plan zu entdecken? — Was feſſelt mich? — Stille! — Mir
ſelbſt wag' ich ja nicht, ihn zu bekennen!
(in ſtummer Verzweiflung herumgehend.) Bertha! Fatime!
Könnt' ich doch dieſes Selbſt theilen, und
jeder hingeben mein ganzes, verdoppel-
tes Weſen! — Weh mir! Wahnſinn ergreift
mich! — Volgſtatt! — Mein Schwerd, mein
Schwerd! Fort mit dir! im Tod' iſt Ruhe! —
Wie? auch hier ſteht ihr an meiner Seite? —
Hinweg, himmliſche Geſtalten! — Hinweg!
Flamme iſt jezt mein Weſen, ſie wird euch nahend verſchlingen und auf ewig mit ſich ſelbſt
vereinen! — Hinweg! —

(im höchſten Sturm der Leidenſchaft ab.)

Vierter Aufzug.

Zimmer im Harem des Sultans.

Erſter Auftritt.

Der Sultan (auf einem Sopha. Gefolg hinter ihm)
Achmet.

Achmet (ſich niederwerfend.)

Beherrſcher der Gläubigen!
Sultan. Was willſt du?

Achmet. Verleiht Eurem Sklaven geheimes Gehör!

Sultan. (winkt dem Gefolg.) Sprich!

Achmet. Ich habe Verrätherey entdeckt!

Sultan. (bestürzt.) Verrätherey? —

Achmet. Schändliche, furchtbare Verrätherey im Innersten Eures Harems, und gegen Euer geheiligtes Haus!

Sultan. Ists möglich? Deutlicher!

Achmet. Die Prinzessin, Eure Tochter liebt Ernst, den Christensklaven.

Sultan. (aufspringend.) Wie? Wahnsinniger! von neuen wagst du's, die Tugend zu verldum=den?

Achmet. Licht der Rechtgläubigen! furchtbarer Gebieter! schenkt mir Gehör!

Sultan. Ha! Verwegener, zittere!

Achmet. Mein Kopf versöhne meine Schuld, wenn ich lüge!

Sultan. Beweise, oder er soll fallen!

Achmet. Mit diesen Augen sah ich, daß sie ihn in ihren Armen hielt. —

Sultan. Fatime? meine Tochter? einen Sklaven?

Achmet. Mit diesen Ohren hört' ich, wie sie ewige Liebe ihm schwur!

Sultan. Fatime? die Lilie der Keuschheit und Sittsamkeit? Unmöglich! du rasest!

Achmet Noch mehr: ſie nahm Abrede, heim-
lich aus Eurem Reiche zu flüchten! —

Sultan. (wüthend.) Wache! Wache! Ergreift
ihn! — (indem die Wache vordringt, weiſt er ſie zurück;
geht unruhig umher, und wendet dann ruhiger ſich zu Achmet)
Achmet, wenn du mich täuſchteſt?

Achmet. So flieſſe mein Blut.

Sultan. Wenn Neid, Unſinnige Eitelkeit dich
verleiten könnten, deinen Herrn zu betrügen. —

Achmet. Ich habe nur Ein Leben und es iſt
dein! —

Sultan. Sklave! Tauſend würd' ich dir entreißen, und die Schuld wäre nicht getilget! —
Sprich! Wo? Wann hörteſt du das?

Achmet. Im Garten des Harems; ich ſtand
unbemerkt hinter einer Laube.

Sultan. Elender! —

Achmet. Meine Pflicht, meine Treue reizte
mich.

Sultan. Und was ſprach der Franke?

Achmet. Lange wankte er, endlich ſchien er
einzuwilligen.

Sultan. Wozu?

Achmet. Mit ihr zu entfliehen.

Sultan. Beym Mahomet, du lügſt!

Achmet. Er verſchließe das Thor des Para-
dieſes für mich, er ſtürze mich hinab in die ſie-
bente Hölle, wenn ich nicht die Wahrheit ſage

Sultan. Ich habe ſein Wort!

Achmet. Er ist ein Ungläubiger!

Sultan Ein Teutscher! Ich kenne dieses Volk, es ist bieder und hält Wort!

Achmet. Was vermag nicht Schönheit?

Sultan. Bedenks! Wenn du mich täuschtest: alle Pein der Höllen ist nichts gegen die Martern, die dein warten!

Achmet. Ich zittre nicht, mein Gebieter!

Sultan. Wohlan! ich werd' ihn rufen lassen. — (Er ruft dem Offizier der Leibwach und giebt ihm Befehl.) Du hast alles gehört?

Achmet. Alles, mein Sultan!

Sultan. Und nichts vom Vater? Der arme Vater ward nicht erwähnt?

Achmet. Ja, Gebieter! Thränen flossen bey deinem Andenken!

Sultan. (zu einem Offizier der Wache.) Nehmt ihn in Verhaft! Euer Kopf haftet mir für ihn!

(Man führt Achmet ab.)

Zweyter Auftritt.
Sultan allein.

Unmöglich! unmöglich! — So könnte die Prinzessin ihrer Hoheit vergessen? so die Tochter, die geliebte Tochter des grauen Vaters?

Dritter Auftritt.
Offizier der Leibwache. Sultan.

Offizier. Sultan! der Christensklave!

Sultan. Bringt ihn!

Vierter Auftritt.
Ernst. Vorige.

Ernst. (sich niederwerfend) Euren Befehl, mein
Gebieter!

Sultan. (winkt dem Gefolg sich zu entfernen.) Sklave! betrogst du mich nicht? Bist du ein Teutscher?

Ernst. Herr! bey meinem Gott, ich bin es.

Sultan. Bist du von dem Volk, das man
rühmt als bieder, als Sklave seines Worts, das
darum das Vertrauen hat aller Nationen?

Ernst. Ich bin es, und stolz darauf.

Sultan. Wer löste guthmüthig deine Fesseln?

Ernst. Ihr, mein edler Gebieter! der Himmel
vergesse mich, wenn ich das je vergesse!

Sultan. Gabst du dein Wort, dich nicht zu
entfernen, bis ich dich entlasse?

Ernst. Ich gab es!

Sultan. Wer vertraute dir, im festen Glauben
auf den Ruf deines Volks und auf deine Tapferkeit, sein eignes Kriegsvolk, die Vertheidigung
seiner eignen Hoheit?

Ernst. Ihr großmüthiger Sultan, und der
letzte Tropfen dieses Bluts soll dafür fließen.

Sultan. Du lägst, Verräther! Du brachst dein
Wort! Du betrogst mich, Meineidiger!

Ernst. Nein, Sultan!

Sultan. Läugne nicht, Tollkühner! Alles ist entdeckt!

Ernst. Wer sagt's?

Sultan. Wie? du wagst's noch?

Ernst. Gieb mir Waffen! und mit der letzten Kraft, mit den letztem Tropfen dieses Bluts will ich's dem Elenden beweisen, daß er schändlich gelogen hat! — Gebt mir Waffen!

Sultan. (geht unruhvoll umher, endlich wendet er sich ruhiger zu Ernst.) Du liebst Fatimen?

Ernst. (zu seinen Füßen sinkend.) Wahr! sie liebt mich.

Sultan. Und du?

Ernst. Verzeiht! o wer könnte der Allmacht dieser Reize widerstehen?

Sultan. Wahnsinniger! Elender Sklave! du wagst's, deine Augen zur Prinzessin von Alkaire zu erheben?

Ernst. (mit Würde.) Herr! auch unser Volk hat Fürsten, groß, erhaben und mächtig, und meine Liebe würde sie nicht schänden.

Sultan. (geht wieder einige Zeit unruhvoll umher, dann sanfter zu Ernst) Christ! bist du Vater?

Ernst. (mit unterdrückter Wehmuth.) Ich bin's!

Sultan. (anfangs ruhig, dann mit allmälig steigendem Affect.) Du bist Vater, Unglücklicher, und konntest den Gedanken fassen, einem Greis sein Kind zu entreißen? — Seine einzige ängstlich gepfleg-

sein einziges, einziges Kind? — Meuchelmörderisch wolltest du ihm mit dem sichersten aller Dolche das Herz zerfleischen? Fliehen, und den jammernden Vater zurücklassen, seine grauen Haare zerreißend, mit seinem Geschrey umsonst den weiten Aether erfüllend, und so, verwaist, trostlos zum Grabe wankend? Verworfner!, das wolltest du?

Ernst. Bey allen Heiligen, nein!

Sultan. Und wen? deinen Wohlthäter, deinen Herrn, der deine Fesseln löste, dir vertraute unumschränkt? — Hinweg! Unglaubiger! Du schändest selbst deinen Glauben und dein Volk!

Ernst. Hört mich!

Sultan. Hättest du nach meinem Leben gestrebt, ich vergäbe dirs; eine Hand voll Tage ist kein Todesurtheil werth. — Aber, Elender! du vergiftetest die Unschuld meiner Tochter, strebtest nach dem einzigen Kleinod, das diese Tage mir noch werth machte, nach der einzigen Blume, deren Duft mich noch erquickt, und bereitetest so für mich Tod in jeden übrigen Moment meines Lebens! — Stirb dafür, Elender! stirb mit Schmach und Schande gebrandmarkt!

Ernst. Ich achte das Leben nicht, aber Schande! und darum hört mich, eh'ich zum Tode gehe. —

Sultan. Sprich! Es sind deine letzten Worte.

Ernst. Du hast geliebt, Sultan; denn Fatime ist der Liebe Kind. — Sie liebte mich!

Sie zeuge, wenn ich nicht mehr bin, ob ich diese Liebe entflammte und nährte. — Ich bin er-
zogen zu Waffen. Mein Handwerk ist Krieg. —
Nicht weichliche Schwelgerey. Aber die magische
Gewalt dieses anmuthigen überirrdischen Wesens,
ich bekenn' es, löst mein ganzes Seyn in Liebe
und Empfindung auf! — Du kennst sie, du liebst
sie, sie ist dein fortgeseztes Selbst! (Strafe mich
dafür, wenn du kannst! — Auch unschuldige
Liebe schweift rastlos umher im Gebiete harm-
loser Träume, Hofnungen, Wünsche! — Aber,
sowahr Gott in dieser meiner letzten Stunde mir
gnädig sey, nie kam schändlicher Verrath gegen
dich in meine Seele! Führt mich hinweg!

Sultan. (ihn aufhaltend) Und Fatime?

Ernst. Ihre Heimath erwartet mich. Nie kam
ein Engel reiner aus der Gottheit Schooß.

(sich vordrängend.)

Sultan. (ihn aufhaltend) Christ! wer bist du?

Ernst. Der Graf von Gleichen, und Fürsten
sind meine Genossen! Leb' wohl! —

Sultan (die Wache zurückweisend) Unbegreiflicher
Mann! — Gehe! — schwöre mir nur, mich ohne
meinen Willen nicht zu verlassen!

Ernst. Ich schwör's! —

(er geht.)

Fünfter Auftritt.

Sultan. Gefolg.

Othmann, am Rande deines Grabes verfolgt dich das Schicksal! (zum Gefolg) Man rufe die Prinzessin! — Mahomet! Mahomet! War denn das im Rathe des grossen Gottes beschlossen? Der einzige Zweig eines edlen Stamms soll vertrocknen? Ein Ungläubiger entreißt mir ihr Herz! — (zum Gefolg Entfernt euch! — O daß mein Schmerz nicht Einen unbestechlichen Zeugen hätte! —

Sechster Auftritt.

Sultan, Fatime. Vorige.

Fatime. (sich ihm ehrerbietig nahend und kniend seine Hand küssend). Mein Vater!

Sultan (ohne sie anzusehen). Du wagst's noch, deine Augen gegen mich aufzuschlagen?

Fatime. Soll ich nicht Liebe suchen in den Eurigen?

Sultan. Elende! du hast sie getilgt.

Fatime. Weh mir!.

Sultan. Bekenne deine Schuld und dann verbirg dich auf ewig!

Fatime. Schonung, mein Vater!

Sultan. Uneingedenk der Hoheit deiner Geburt deines Glaubens, deiner Würde, wirfst du,

gleich

gleich einer feilen Tänzerin, dich in die Arme
eines Ungläubigen, eines Christensklaven.

Fatime. Wußt ich wohl, daß Liebe ein Verbrechen ist?

Sultan. Schändliche Liebe, die die Tugend befleckt! —

Fatime. Beym Allwissenden! sie ist rein und
unschuldig.

Sultan. Bekenn' es: mit welchen zauberischen
Künsten verführte er dein unerfahrnes Herz?

Fatime. Mit der Anmuth seiner Gestalt, mit
dem Ruf seines Muths, mit dem edlen offnen
Blick, der Euch selbst hinriß. — Das waren
seine Künste! —

Sultan. Ha! und er vergaß, was er jetzt ist?
vergaß der Ehrfurcht, die er deinem erhabnen
Range schuldet?

Fatime. Nein, mein Vater.

Sultan. Wagt' es doch, dir seine Liebe anzu-
tragen?

Fatime. Nein, beym Mahomet! mein Herz
flog ihm entgegen; und nur die Fülle meiner
Zärtlichkeit entriß ihm das Bekenntniß der seinen.

Sultan. Fatime! Und du erröthest nicht bey diesem Geständniß?

Fatime. Ihr lehrtet mich, daß 'nur das Laster
erröthen darf. — Wär' ich ein Engel, ich würde diese Gefühle unbesorgt in andrer Herzen
gießen!

Sultan. Und du, ein rechtgläubiges Weib, zittertest nicht, dich einem Ungläubigen zu überlassen?

Fatime. Er glaubt an Tugend und Unschuld, wie ihr und ich.

Sultan. Du wolltest fliehen mit ihm, Elende!

Fatime. (sich niederwerfend.) O verzeihe, mein Vater.

Sultan. Die Prinzessin von Alkaire, die Tochter des Sultans, gleich einer frechen Dirne fliehen am Arm eines nichtswürdigen Sklaven? — All' mein Blut empört sich bey dem schändlichen Gedanken!

Fatime. Verzeiht, verzeiht der Allmacht hofnungsloser Liebe!

Sultan. Fatime, wie tief bist du gefallen. Und er willigte ein? —

Fatime. Nein, nein, so sehr ihn auch Liebe und Bitten bestürmten.

Sultan. Großer Prophet! du häufst des Jammers viel auf mein gebeugtes Haupt! Ich glaube Trost zu finden in ihrer U n s c h u l d und ich finde sie s c h u l d i g e r! (Er geht im tiefen Schmerz umher) Bedenke dich, Fatime! (zum Gefolg) Man bringe den Christensklaven! (zu Fatime) Du wirst ihn sehen, aber zum letztenmale.

Fatime. (seine Knie umfassend; mit dem Ausdruck der höchsten Angst). Mein Vater!

Sultan. Hinweg!

Siebenter Auftritt.

Ernst. Vorige.

Sultan. (zu Fatime). Hier ist er! — Entsag'
ihm auf ewig, und gieb Omarn die Hand! —

Fatime. Nimmermehr, mein Vater!

Sultan. (wüthend) Entsag' ihm, sag' ich dir,
oder zittre! —

Fatime. Was könnt' ich dann noch verlieren?

Sultan. Zittre! sein Haupt soll zu deinen Füssen!

Fatime. (mit leidenschaftlicher Wuth ihren Dolch ziehend.)
Ha! und meine Leiche zu den Eurigen! —

Sultan. (auf sie zustürzend, um ihr den Dolch zu entreißen). Meine Tochter!

Ernst. (in ihre Arme stürzend) Fatime!

Fatime, (mit der höchsten Energie) Sorge nicht,
Geliebter! Du siehst, man will uns vereinen.

Sultan. (mit stummen Schmerz sie einige Zeit betrachtend, dann sanft und ruhig zu Ernst). Entferne dich! —

Fatime. (mit Leidenschaft). Was soll er?

Sultan. Ruhig! mein Wort bürgt dir für sein
Leben!

(Fatime läßt ihn aus ihren Armen, und Ernst
entfernt sich.)

Achter Auftritt.

Sultan, Fatime.

Sultan. (sanft und mit Wehmuth) So lohnest du
deinem Vater seine Zärtlichkeit? Fatime! seit deiner

nen erſten Kinderjahren trug er dich in ſeinen
Augen! pflegte, wartete dich, wie der Gärtner
die Königin ſeines Blumenbeets! Uneingedenk der
Sitten ſeines Landes, wähnte er ſtolz, dich zur
neuen fortgepflanzten geliebten Mutter zu ſchaffen;
bildete er deinen Sinn zum freyen Genuß der
Herrlichkeiten der Natur und der Kunſt, dein
Herz zur Tugend und Frömmigkeit; hing mit
kindiſcher Freude an jedem deiner kleinen Gefühle
und Talente! Horchte, ſelbſt träumend, auf deinen
leiſen Odemzug, ob er zum Wunſch werde, um
ihm zuvorzukommen! Und das alles lohnſt du
mir ſo?

Fatime. Mein Vater! mein Vater!

Sultan. Du warſt meine einzige Blume, mein
einziger Stolz, mein einige Hofnung! Ach! und
ſie iſt gewelkt; der Sturm der Schande hat ihre Blüthen ſchrecklich abgeſtreift? —

Fatime. Bey dem furchtbaren Todesengel, in
deſſen Gewalt ich ſtehe! ich lieb' Euch mehr, als
mich ſelbſt!

Sultan. Du liebſt mich? und wollteſt deinen
alten Vater verlaſſen? — Sieh, ob dieſe Haare
blühend werden können? Du kannſt die Schritte
meſſen, die ich noch bis an's Grab habe, und
du willſt auf dieſem kurzen Wege mich allein laſ-
ſen? — Wenn Herrſcherſorgen mir die Freuden
des Harems vergifteten; wenn ahndungsvolle
Träume, wenn fürchterliche Erſcheinungen mich
ängſte-

ängsteten: wenn ich erlag unter der Schwüle dieses Lebens: so kamst du, gleich den Jungfrauen Houris des Paradieses, spieltest mit meinen grauen Locken, und wehtest mit den Engelsschwingen der Freundlichkeit, des Lächelns, der Liebkosungen, Kühlung auf mich! — Ach, Fatime! das alles wolltest du mir rauben? — Einsam, trostlos sollte dein armer Vater den Weg zum Grabe suchen? — Du bist gerührt? Sind diese Thränen Thau für meine lechzende Seele? — Du gehorchst mir?

Fatime. Fordert! Nur laßt mir mein Herz!

Sultan. Entsage dem Sklaven.

Fatime. O vermöcht' ich's! Heilige, unsterbliche Liebe fesselt mich an ihn auf ewig.

Sultan. Du vermagst es nicht?

Fatime. Ist Euch Fatime werth, liegt Euch an ihrem Daseyn; so laßt mir ihn; er ist davon unzertrennlich, wie meine Seele.

Sultan. (geht nachdenkend umher). Wohlan! Er sey dein!

Fatime. (entzückt zu seinen Füßen stürzend). Mein theurer Vater!

Sultan. Aber, Bedingungen, Fatime!

Fatime. Jede! Jede!

Sultan. Du verläßt mich nicht! —

Fatime. Ich bin Euer bis zum Tod.

Sultan. Und Ernst nimmt unsern Glauben an.

Fatime. (betrübt). Warum das, mein Vater?

F 2   Sultan.

Sultan. Fatime! Bin ich Allah' und dem Propheten nicht Rechnung schuldig von deiner Seele? — Dürft ich's wagen vor seinem furchtbaren Antliz zu erscheinen, wenn ich dich zurückließe in der Hand eines Ungläubigen?

Fatime. Der Gott, den ich anbete, ist der seinige! Er schwört mit das! Der Gott, den er anbetet, ist die Fülle der Tugend und Weisheit, ist der deinige! Gewiß er wird uns alle aufnehmen in seinen väterlichen Schooß.

Sultan. Folge mir, Geliebte! Du hast ja Gewalt über sein Herz; er liebt dich, er bewies es! — Sprich mit ihm.

Fatime. Ich will, mein theurer Vater.

Sultan. Ich lasse dich allein mit ihm. O daß ich ruhiger dich wieder sähe!

(Sultan ab.)

Neunter Auftritt.

Fatime allein.

Wird er auch wollen? — O gewiß, er liebt mich! und Liebe ist ja allmächtig! — Was gäb' ich nicht hin für sie und ihn! —

Zehnter Auftritt.

Ernst. Fatime.

Fatime. (um seinen Hals fliegend.) Ich habe dich wieder!

Ernst. Armes Mädchen, was littst du nicht!

Fatime. Und du!

Ernst. Der Tod ist ja des Kriegsmanns Gefährte. Ich kenn' ihn und fürcht' ihn nicht.

Fatime. Mir war er ein Engel, an deiner
Seite.

Ernst. Dein Vater vergiebt dir?

Fatime. Noch mehr, Geliebter! Er vereinigt
mich mit dir.

Ernst. (mit Bestürzung.) Ist's möglich?

Fatime. Und du traurest darüber?

Ernst. Sollt' ich nicht? (nach einer Pause.) Du
kennst ja mein Unglück!

Fatime. (schweigend ihn betrachtend.) Ich verstehe
dich! — du verstößest mich!

Ernst. (mit dumpfen Schmerz.) O daß ich frey
wäre !

Fatime. Ha! dafür könnt' ich dich hassen!
Nein, Ernst! Fort mit diesem unedlen, deiner
unwerthen Gedanken.

Ernst. (sie an seine Brust drückend.) Dieser Blick
hat ihn gebohren, und doch verscheucht.

Fatime. Liebst du mich wirklich?

Ernst. Sagen dirs diese glühenden Thränen
nicht?

Fatime. Und dein Weib?

Ernst. Liebe , Dankbarkeit , Ehre , Pflicht,
heilige Bande fesseln mich auf ewig an sie! —

Fatime. Du liebst u n s und zitterst zurück vor
den Gedanken uns beyde zu besitzen! — Lieber!

ist denn dein Herz zu eng, zwey Wesen mit gleicher Liebe zu umfassen?

Ernst. Wenn sie nun ringen um den Vorzug? Weh' dann mir!

Fatime Sie werdens nicht! Der armen Fatime soll genügen an dem, was du ihr zu geben vermagst; sie will lauschen auf jeden freundlichen Blick, den sie nicht bedarf; stehlen jedes Lächeln, das unbenutzt von ihr, an leblosen unempfänglichen Wesen abgleiten würde. — Alles soll mir genügen!

Ernst (sie umarmend.) Süßes Geschöpf!

Fatime. Und noch bist du nicht zufrieden, Halsstarriger? —

Ernst Ach! deine Güte zerreißt mein Herz!

Fatime. Was willst du noch?

Ernst. Tausend Bande fesseln mich an sie allein. Allein!

Fatime. Allein? Keine Stelle mehr in diesem Bund für deine Fatime?

Ernst. Ich bin Vater!

Fatime Entzückender Gedanke! Deine Kinder seyen die meinigen; ich will theilen die Sorge ihrer Bildung. Wohl mir! ich werde vielfach meinen Ernst besitzen.

Ernst. Ich ertrag's nicht länger. — Fatime! Was willst du mir, was kannst du mir noch seyn?

Fatime. Du fragst? Dein Weib, dein zweytes Weib!

Ernst. Umsonst, mein Glaube verbietets!

Fatime. Ist's nicht Ein Bund, der alle tu-
gendhafte Seelen knüpft? Ist ihr Wandel, ihr
Glaube nicht Ein Glaube? — Werden sie da
sich nicht treffen, wo Allah' alle Edle um sich
sammlet?

Ernst. O wahr!

Fatime. So hänge dich nicht an Gebräuche.
Nimm den Turban! es ist die einzige Bedingung
unter der mein Vater mich dir giebt.

Ernst. (mit Abscheu.) Fatime! mir diesen An-
trag?

Fatime. Kann er dich beleidigen?

Ernst. Er setzt mich in Wuth! Treulos könnt'
ich verläugnen meinen heiligen Glauben, für
den ich verließ Kind und Weib, und Land und
Leute, und Vaterland und Heimath? Für die ich
auszog in ferne Lande, kämpfte und duldete To-
desgefahr und Knechtschaft? — Fatime! Fatime!
du kennst mein Volk, du kennst die Seele eines
teutschen Edlen nicht! —

Fatime. O vergieb mir!

Ernst. Eh' verläugne mich Gott an jenem großen
Tage, eh' ich den Glauben meiner Väter verläugne für zeitlichen Gewinn!

Fatime. Ha! Fatime war bereit, den deinen
anzunehmen.

Ernst. Freywillig, allein gedrungen von Wahrheit und Licht. — Aber wär' Ernst fähig dieses schändlichen Verraths an seiner Kirche, was könntest du erwarten von dem Herzen eines gebrandmarkten Abtrünnigen?

Fatime. (zu seinen Füßen.) Hör' auf, Geliebter! Ich bin entschlossen!

Ernst. (sie bestürzt aufhebend.) Wozu?

Fatime. Leb' wohl! — (sie will fort.)

Ernst. Wo willst du hin?

Fatime. (mit dem Ausdruck des höchsten Schmerzes.) Dort, dir einst als Houri zu dienen!

Ernst. (sie zurückhaltend.) Fatime! du zerreißest mein Herz! Soll denn das edelste Weib der Preis seyn schändlichen Meineids? Fatime! (sie bey der Hand fassend.) Sey mein Weib! mein zweytes und erstes, mein erstes und zweytes Weib! — Sey es! Natur und Liebe, Dankbarkeit und Freyheit mögen am Throne der Kirche für meine Schuld sprechen! — Aber laß mir, wofür ich tausend Leben ließe, meinen Glauben!

Fatime. Ach! mein Vater!

Ernst. Er ist sanft, menschlich, und liebt dich! — Er verliert dich, indem er dich mir entreißt! — Ha! warum sollt' er das wollen?

Fatime. (freudig an Ernst's Arm.) Komm! komm! — Laß uns zu seinen Füßen stürzen!

Ernst. Ich will! doch erlaube mir vorher meinen Freund zu sprechen.

Fatime. Wenn du dann wanktest?

Ernst. Sorge nicht! Mein strengster Richter ist hier! Ich gab dir mein Wort; mag nun die ganze Menschheit sich erbören wider mich und dich (sie umschlingend) ich bin dein auf ewig!

Fatime. Wonne! Wonne!

(Ernst führt Fatimen ab; er ruft einem Verschuldenen und befiehlt ihm, Volgstatt zu holen.)

Eilfter Auftritt.

Ernst.   allein.

Ernst! Ernst! Was hast du gethan? —

Zwölfter Auftritt.

Volgstatt.   Ernst.

Volgst. Reisen wir?

Ernst. Vielleicht bald, mein Theurer, aber nicht allein!

Volgst. Wie das?

Ernst Fatime, so hoff' ich, wird uns begleiten!

Volgstatt. Fatime? Und der Sultan geneh-migt — ?

Ernst. Noch nicht; er verlangt, daß ich bleibe, daß ich den Turban nehme.

Volgst. (mit Entsetzen.) Und ihr, Herr?

Ernst. Ich hörte in der Schöpfung nichts, als den Drang meiner Lehnspflicht, sah nichts, als das Zeichen des Kreuzes; achtete nicht der Thränen des verlaßnen Weibes, nicht das Jammern verwaister Lieblinge, nicht das Bitten meiner Unterthanen, nicht die Stürme des Meers, nicht die Gefahren des Kriegs im fernen Lande! Ich verließ den traulichen Heerd, die süße Heimath, und zog hin an's heilige Grab. — Glaubst du nun, dort könne Ernst, dort könne der teutsche Graf von Gleichen abtrünnig werden seinem Glauben? ein Verräther an Gott und seinen Heiligen?

Volgst. (ihm die Hand reichend.) Vergebt meinem Eifer die Frage, edler Herr! Aber Fatime?

Ernst. Wird mit mir knieen vor ihrem Vater; unsre Thränen werden ihn rühren; er wird mir sie bewilligen.

Volgstatt. Und was soll aus ihr werden?

Ernst. Mein Weib!

Volgstatt. (erstaunt und heftig.) Dein Weib?

Ernst. Fest steht dieser Entschluß! und ich hoffe sie auf deine Bewilligung.

Volgst. Hoffe nicht!

Ernst. Rein ist mein Herz!

Volgst. Bertha ist verlassen, ohne Freund, ich werd' ihr Rächer seyn und ihr Beschützer!

Ernst. (auf seine Brust zeigend.) Hier ist ihr mächtigster! sie bedarf sonst keinen. — Fatime ist ein

Engel,

Engel, wie Bertha. Engel müssen sich lieben und ein neues, aber heiliges, ein beyspiel-
loses, aber ehrwürdiges Band soll drey gleichge-
stimmte lebende Wesen umschlingen!

Volgst. Ernst! betrüge dich nicht selbst. Es
ist Laster, es ist Verbrechen!

Ernst. Vorgriff, wenn du willst, in die
Rechte der Himmelsbürgerschaft! — Ist
er das, so will ichs büßen im Staub und in der
Asche. Ich will die Pein aller Büßenden der
Christenheit auf meine Schultern nehmen und
geduldig tragen. Das, Volgstatt! vermag ich.
Aber Fatimen verlassen, gränzenlose Liebe lohnen
mit Undank und Mord, — das vermag ich nicht.

Volgst. Die Gesetze unsers Landes, der Abscheu deiner Mitbürger wird dich verurtheilen.

Ernst. Das rührende Schauspiel unsers Glücks
wird sie entwaffnen.

Volgstatt. Der Fluch der Kirche wird dich verfolgen! wird auf dich fallen mit Centner Last!

Ernst. Ich werde wallfahrten zum Thron des
Vaters der Kirche, an Fatimens Hand. Ich werde seine Füße mit meinen Thränen netzen! „Heiliger Vater! — werd' ich sprechen — sieh an, dies
süße, reine, himmlische Geschöpf; sie war verloren, ihre Seele war dahin, wenn ich nicht sie
rettete! — Ich hatt' ein Weib, ich hatte Kinder,
ich verließ sie um des Glaubens willen!
Ich verlor meine Freyheit. Mein Weib ward

Ich zitterte, dich zu verlieren, und verliere dich
doch! Es ist der Wille des Schicksals! Nimm
sie, Graf von Gleichen, sie ist dein!

Ernst. Theurer Vater!

Fatime. (zu Ernst.) Falscher! du verbargst mir
deinen Stand?

Sultan. Zieh hin mit ihr. Zwar raubst du
mir den köstlichsten, den einzigen Schatz meines
Reichs — aber ihr liebt euch ja, und sie wird
glücklich seyn.

Ernst. Unaussprechlich! und unser letzter Odemzug dir's verdanken.

Sultan. Vergeßt euren verwaisten Vater nicht!
Ist's möglich, so kommt einst zurück, ihm die
Augen zuzudrücken.

Fatime. Könnte doch jeder Moment unsers
Daseyns gewidmet seyn der kindlichen Liebe, der
Pflege, der Sorge für Euch!

Sultan. Zaide, du begleitest deine Gebieterin.

Fatime. Ihr ahndet meine Wünsche; bester
Vater!

Sultan. (zu Volgstatt,) Und auch du, treuer,
edler Franke! zieh heim, königlich beschenkt, und
sage deinem Volke: daß Otomannen die Tugend
allenthalben schätzen.

Volgst. Ich werd' es mit Innigkeit, edler Gebieter!

Fatime. Achmet ist noch gefangen, mein
Vater.

Sultan. Er sey frey! Und nun kommt, meine Kinder, laßt wenigstens dem rastlosen Vater die Freude euer Hochzeitfest zu feyern!

Ernst. (zu Wolfstatt.) Die heilige Kirche soll sie bestättigen.

(Vermählungsfeyerlichkeiten nach orientalischen Sitten, Tänze rc. schließen den Akt.)

Fünfter Aufzug.
Schloß zu Gleichen.

Erster Auftritt.

Bertha (im weißen Gewande und Wittwenschleyer.)
Castellan.

Castellan.

Mäßiget Euren Schmerz, gnädige Frau! Könnten Harm und Klagen ihn zurückrufen, alle Gewölbe unsers Schlosses sollten von meinem Geschrey wiederhallen; nicht ablassen wollt' ich, bis der Tod meine alten Knochen nähme, für unsern guten Herrn! Aber Ihr wißt es ja, er ist unerbittlich.

Bertha. Ihr wißt es, ich trug gelassen seine Abwesenheit; ich entsagte gern allen Freuden des Lebens, schloß mich in meine Kammer, und lebte nur für seine Kinder und sein Andenken. Auch

der Gedanke, e r l e b t! erhielt mich. Bis zum
Tode getrennt, hätt' ich ruhig an ihm mich näh-
ren können; aber diese schreckliche Gewißheit, d a ß
er nicht mehr ist, diese furchtbare Bothschaft
seines Todes, riß das schwankende Gebäude meiner Ruhe nieder!

Castellan. Wer brachte sie zuerst?

Bertha. Hanns von Berga.

Castellan. Berga?

Bertha. Was staunt Ihr?

Castellan. Nichts; Fieberfrost schüttelt mich,
so oft ich ihn nennen höre.

Bertha. Ach! sie ist nur zu gewiß. Ich selbst
sah' den Brief des Landgrafen.

Castellan. Das hat Gott gethan! So mancher
unsrer Landsleute fand dort sein Grab. Mich
selbst rettete nur ein Wunder. Bedenkt's, er
starb im heiligen Berufe.

Bertha. Wär er gefallen im Streit, so hätte
man seine Leiche gefunden, und ich hingegeben
mein letztes Kleinod, sie zu mir zu bringen! Aber
die Fluthen haben ihn verschlungen. — Keine
Spur mehr von ihm übrig! Verschwunden ist er
aus dem Weltall, und selbst mein Gram ist arm,
daß er nichts hat, woran er sich heften könnte!
— Guter Alter, wüßtet Ihr, wie schrecklich dies
einem liebenden Herzen ist!

Castell. Ach! ich weiß es, Ach meine Erdmuth verschlang dies Land auf ewig! Ihr gnädige

dige Frau, habt ja seine Kinder. Lebt für sie!
Ihnen seyd Ihr Eure Erhaltung schuldig. Sie
bedürfen Eurer.

Bertha. Was kann das hülflose Weib?

Castell. Viel! Sanft ist der Mutter Druck,
aber unvertilgbarer im weichen Herzen des Knaben. — Es sind Ernst's Ebenbilder: Sihe sie
ihm nach, in Edelmuth und Güte!

Bertha. Ich will, Vater! — Ermannt mich,
und wenn das Weib dem Harm unterligen will,
so wendet Euch zu der Mutter! — Sind die
Mönche in Bereitschaft?

Castell. Die Seelenmessen werden anfangen.

Bertha. Habt ihr den Leichenzug geordnet?

Castell. Ja, gnädige Frau. Die armen Leute
drängen sich herbey aus allen Orten, ihrem guten Grafen den letzten Dienst zu erweisen. Ihr
wißt, er war ein guter Herr!

Bertha. Auch du weinst, Vater! Achtzig Jahre haben deine Thränenquellen nicht aufgetrocknet; was soll denn Bertha?

Castell. Vergebt mir! das Jammergeschrey
der Armen, die er ernährte, hat mich weichher-
zig gemacht.

Bertha. Wo sind sie?

Castell. Im Schloßhofe versammlet, ihre Hän-
de ringend, und seine Leiche mit Ungestüm for-
dernd, ihm die kalte Hand zu küssen.

Bertha

Bertha. Ach, daß ich sie hätte! Und mein Gram wäre doch nicht verwaist.

Castell. Ich wollt' Euch nicht davon sagen. —

Zweyter Auftritt.

Heinrich, Lamprecht. Vorige.

Heinr. Mutter! Mutter! der Hof ist voll schwarzer Leute.

Lampr. Sie heulen und schreyen nach dem Vater.

Bertha. Umsonst! Er ist nicht mehr! Ihr seyd Waisen!

Heinr. (zu Lamprecht). Hörst du wohl, wir sind Waisen!

Lampr. Was ist denn das?

Bertha. Ihr habt keinen Vater mehr!

Heinr. Wo ist er denn?

Bertha. Im Himmel finden wir ihn!

Heinr. Laß uns ihn holen! Was meinst du, Lamprecht?

Lampr. Da können wir nicht hin. Nicht wahr, Mutter, wir sind nicht groß genug dazu?

Bertha. Schweigt, ihr brecht mir das Herz!

Heinr. Was wollen denn die Leute bey ihm?

Bertha. Seine Leiche, seine kalte Hand küssen, und ihm danken für seine Wohlthaten.

Lampr. Schön! das gefällt mir!

Bertha. (ihn umarmend) O mein Sohn! mein Sohn! Willst du werth seyn deines Vaters, so

ſorge, daß der Elende einſt auch! die deinige mit
Thränen neße! — (zum Caſtellan) Vater, theilt
den armen Leuten aus, was Ihr wollt, was
ich vermag, und laßt ſie beten für ſeine Seele.

Lampr. Vater, laßt mich austheilen! Mich!

Heinr. Mich auch! mich auch!

Lampr. Du kannſt deine Lektion noch nicht,
und der Pater wird ſchmälen.

Bertha. (mit Thränen)   Nehmt ſie mit! Nehmt
ſie ja mit! Dies Schauſpiel iſt mehr werth, als
alle Lektion. — Geht, Alter, und gebt mir Nachricht, wenn alles zum feyerlichen Zug in Ord-
nung iſt.

Caſtell. Gut, gnädige Frau! aber faßt Euch,
und bleibt ſtandhaft.

                              (mit Lamprecht und Heinrich ab.

Dritter Auftritt.
Bertha allein.

Gebet hat ja ſo manchen Schwachen ſtark ge-
macht! — Heilige Mutter Gottes, verleih mir
Kraft auch dieſes Leid gelaſſen zu tragen! — O
Ernſt! mein Ernſt!

                              (ſie kniet nieder zum Gebet.)

Vierter Auftritt.
Hanns von Berga, Bertha.

Berga. (im Eintreten leiſe) Endlich treff’ ich ſie
doch allein! — Sie betet! — Sie hört mich
                              nicht!

nicht! — Bertha! — (er tritt näher) Bertha! —

Bertha. (aufspringend) Heiliger Gott! Wie?
Ihr Berga? — Ha! heute erwartete ich Euch
nicht!

Berga. Nicht? — Wenn alle Lehnsleute des
Grafen herbeyeilen zu seinem Leichenzuge, blieb
ich allein zurück?

Bertha. Ihr allein! — Ha! Ihr wißt wohl,
daß mir seine Leiche fehlt; würdet Ihr's sonst
wagen, an seinen Sarg zu treten?

Berga. Ich?

Bertha. Nein, Berga! zwar kenn' ich Euch;
aber d e r füllose Bösewicht seyd Ihr nicht, kann
k e i n menschliches Wesen seyn, mit solchem Gewissen zu nahen seines Herrn Leichnam.

Berga. Ihr seyd bitter, gnädige Frau.

Bertha. Berga! Berga! fürchtet Ihr nicht,
daß gerechter Grimm über Eure Schuld das sto-
ckende Blut des kalten Leichnams entflammte,
und er beym Anblick des treulosen Freundes ein
verrätherisches Zeichen gäbe?

Berga. Könnt' ichs doch wagen!

Bertha. Weh' Euch! Ihr versucht den Himmel selbst!

Berga. Ich liebe Euch, und das ist alle meine
Schuld.

Bertha. Ihr liebtet mich? O ist das L i e b e,
so ist der Himmel nicht ihre Heimath, so hofft
man umsonst, d o r t Engel und Heilige zu um-

armen. — O schweigt, Berga, und laßt den Edlen ruhen!

Berga. Er erscheine! Er fordere mich zur Rechenschaft, und ich werde sie legen. Hab' ich Euch nicht beschützt?

Bertha. Geist meines Ernst's! du hörst, du weißt's nun, welche blutige Thränen mir täglich erpreßten seine schändlichen Künste, seine listigen Nachstellungen, meine Tugend zu untergraben und meine Treue zu erschüttern! Du weißt's nun, daß ich durch Gottes Beystand meine Schuld rein bewahrte gegen den Verräther deines Vertrauens! — Bitte dort für ihn, daß er seinen Frevel erkenne und büße vor seinem Scheiden.

Berga. Bertha! Bertha! legt wenigstens Euren unnatürlichen Haß gegen mich in Ernst's Sarg.

Bertha. Nein! er soll künftig meine Freystadt seyn gegen Eure Verfolgungen.

Berga. Welcher bedürft Ihr? Seyd Ihr nicht sicher unter meinem Schutze?

Bertha. So schützt Satan Gefallene, und verschließt Ihnen mit eisernem Arm die Rückkehr zur Tugend! — Ueberlaßt mich mir selbst.

Berga. Ihr seyd jetzt frey! Laßt wenigstens mich hoffen!

Bertha. (mit Unwillen) Ha! Unglücklicher! selbst an diesem traurigen Tage höhnt Ihr so meines Schmerzens?

Berga. (bittend) Bertha!

Bertha. Entweiht so das Andenken Eures —
ach! zu gutmüthigen Gebieters?

Berga. Seyd ruhig!

Bertha. Verlaßt mich! —

Berga. (sich ihr nahend) Geliebte! Abgott meiner
Seele!

Bertha. Verwegener! ehre wenigstens diesen
Schleyer!

Berga. Ich seh' in ihm nur Euren erhöten Reiz!

Bertha. Schone wenigstens mein an diesem
furchtbaren Tage!

Berga. Erwart' ich denn nicht alles nur von
Eurem Herzen? —

Fünfter Auftritt.

Castellan. Vorige.

Castell. (zu Bertha) Die Priester sind bereit,
man erwartet Euch in der Kapelle.

Bertha. Ich komme! (zu Berga, der ihr folgen will)
Zurück! Zittert, daß ich Euch dort bey ihm anklage!

(Castellan und Bertha ab.)

Sechster Auftritt.

Berga allein.

Geduld! Ihr Schmerz ist noch neu! Auch er
hat ja seine Blüthen. Die stark unwiderstehliche
Hand der Zeit, der hofnungslose Tod wird sie

abschütteln! — Aber harren und immer harren? —
Sie ist ja in deiner Gewalt! — Pfui! was soll
mir immer erzwungene Kosung? — Sie soll mich
lieben! O sie wird; eh' die Nachricht von Ernst's
Gefangenschaft sie erreicht, sie ist die meinige!
Ha! dann erscheine Ernst's Geist und fordere
Rechenschaft, wenn er kann!

Siebenter Auftritt.

Ernst (der stille sich hinter ihn schleicht und ihn auf die
Schulter schlägt. Berga.

Ernst. Berga!

Berga (sich umwendend und mit dem Ausdruck des höchsten Entsetzens zusammenfahrend) Himmel und Erde!

Ernst. Du erschrickst?

Berga. Ist's möglich, du bist's?

Ernst. Kennst du mich nicht mehr?

Berga; (mit erzwungener Zärtlichkeit ihn umarmend.)
Sollt' ich nicht? Willkommen, theurer Herr!

Ernst. Willkommen! tausendmal willkommen
in meiner Heimath!

Berga. Kaum trau ich meinen Augen! — Durch
welches Wunder sehen wir dich wieder?

Ernst. Gottes Hand leitete mich über Meer
und Länder, durch tausend und tausend Gefahren, sicher wieder in mein theures Vaterland.

Berga. Wir glaubten dich todt.

Ernst. Wie? Woher?

Berga. Eine Bothschaft vom Hofe des Landgrafen. —

Ernst.

Ernst. Falsch, wie du siehst. — Oft zwar dem
Tode nah. — Aber; aber mein armes Weib! —
Lebt? Was macht sie?

Berga. Sie lebt, tiefgebeugt zwar, doch wohl.
— Ihr saht sie doch nicht?

Ernst. Ich geizte mit der Freude der Ueberra-
schung. Ritt voraus den Fußsteig hinan am hin-
tern Pförtchen, band mein Pferd an und schlich
unbemerkt herauf. — Und meine Knaben?

Berga. Rasch und munter!

Ernst. Du hast sie beschützt gegen Unrecht und
Gewalt?

Berga. (mit sichtbarer Unruhe) Ich hielt Wort.

Ernst. Land und Leute in Friede und Sicherheit?

Berga. So wirst du's finden.

Berga. Wohl mir, daß mein Vertrauen nicht
fehl ging! — Wohl dem Manne, dem der köst-
lichste Schatz. —

Berga. (mit steigender Verlegenheit) Ihr beschämt
mich — ich eile —

Ernst. Heißen Dank dir, edler Freund!

Berga. Laßt mich fort, Eure Ankunft —

Ernst. Nicht, bis ich dir meinen Zoll abge-
tragen habe! Die erste, dringendste heiligste Pflicht
der Dankbarkeit; —Zwar bring' ich Schätze mit,
die das Ziel deiner Einbildungskraft übersteigen;
aber d i r wird diese dankbare Thräne deines Ernst's
m e h r gelten. Möchte sie nie auftrocknen!

Berga

Ernſt. Sorge nicht! eile — und — weil ich noch allein bin mit meinem Herzen, eh' ich hinabgleite in die Fluth von Gefühlen, die meiner warten, nimm diesen herzlichen Kuß dankbarer Freundſchaft! — Gott wird dir lohnen, was ich nicht vermag!

Berga. Auf Wiederſehen!

(Berga eilt ab.)

Achter Auftritt.

Ernſt allein (umhergehend.)

O wie wohl iſt mir! Ich bin wieder da! Wieder im heimlichen Wohnſitz meiner edlen Ahnherren! — Ach! der Menſch gedeiht, gleich der Pflanze, nirgend beſſer, als in der Heimath! — Ich fühle mich wieder ganz und kraftvoll! — Willkommen, wohlbekannter Feuerheerd, an dem ich ſo oft Bertha'n auf meinem Schooße ſchaukelte, ſo oft die Kleinen ſich an meine Füße klammerten, indeß der ſorgſame Blick der Mutter ſpähte, ob ſie auch dem Feuer zu nahe kämen! — Dieſe Wände, Zeugen meines häuslichen Glücks, dieſer Tiſch ſogar am alten bekannten Plätzchen, wie lieb iſt mir das alles, wie ſehr hängt mein Herz an — Allein!

Neunter Auftritt.

Caſtellan, Ernſt.

Caſtel. (ungeſtüm ſich zu ſeinen Füßen ſtürzend.) O mein theurer, theurer Gebieter! —

Ernst. (ihn aufhebend und umarmend.) Willkommen, tausendfach willkommen! Wie, Vater, du lebst noch? Ich dachte nicht, dich mehr lebend zu finden! — Dank dir, gütiger Gott, all' meine Lieben hast du mir erhalten! — Was ist dir? Du sprichst nicht — ?

Castel. (mit unterbrochner Stimme.) Meine Thränen — !

Ernst. Ich verstehe sie! Fasse dich, guter Alter. Ihr glaubtet mich todt, aber siehe, Gottes Hand hat mich wunderbarlich erhalten.

Castel. Preiß und Dank sey ihm!

Ernst. In Ewigkeit! — Aber woher wußtest du meine Ankunft?

Castel. Hanns von Berga rennte hinab, flüsterte mir's zu, und befahl mir, herauf zu kommen.

Ernst. Wo ist er?

Castel. Fort!

Ernst. Wie? Fort!

Castel. Er zog sein Pferd aus dem Stalle, schwang sich hinauf—Hört Ihr das Rasseln des Hufs auf der Zugbrücke?

Ernst. Wirklich! Ich begreife nicht — warum?

Castel. Er weiß es! —

Ernst. Schickt ihm nach —

Castel. Um Gottes willen, laßt ihn ziehen!

Ernst. Was sagst du? Furchtbare Ahndungen steigen in meiner Seele auf— Rede!

Castel.

Caſtel. Laßt uns unbewölkt dieſer wonnevollen Augenblicke genießen.

Ernſt. Ich vermags nicht! — Wo iſt Bertha? Rede, ich beſchwöre dich, rede, was iſt vorgegangen?

Caſtel. Schont Euch und mich!

Ernſt. Ich will es!

Caſtel. Er iſt ein Verräther! —

Ernſt. Berga? mein Freund? der Vogt meines Weibes? der Vormund meiner Kinder?

Caſtel. Ach, dieſe Gewalt, die Euer allzuwohlwollendes Herz ihm vertraute, hat er ſchändlich gemißbraucht.

Ernſt Tod und Verderben! Wo iſt Bertha? Iſts möglich?

Caſtel. Laßt mich ſchweigen!

Ernſt. Rede, ſo lieb dir meine Gunſt iſt! Ich muß alles wiſſen.

Caſtel. Mit tauſend heimlichen und öffentlichen Anträgen unkeuſcher Liebe, mit tauſend Nachſtellungen peinigte er Euer treues Weib.

Ernſt. Der Schändliche!

Caſtel. Die Bothſchaft Eures Todes kam durch ihn.

Ernſt. Wo iſt Bertha? — Unnatürlicher Böſewicht! Darum ſtahlſt du dich hinweg? Darum ertrugſt du nicht länger mein Anſchauen? — O daß er dieſe edle Burg, den alten Wohnſitz teutſcher Redlichkeit, durch das ſchändlichſte Verbrechen

chen verrathner Freundschaft entweihen mußte! —
Ihm nach! Mein Schwerdt soll den Weg zu seinen bübischen Herzen finden!

(wüthend abrennend.)

Castel. (ihn aufhaltend.) Bleibt! theurer Gebieter! Wollt Ihr den süßen Augenblick Eurer Rückkehr mit Tod und Blut bezeichnen?

Ernst. Soll solch ein Bubenstück ungestraft
bleiben?

Castel. Die Treue Eurer Bertha, die Liebe
Eurer trostlosen Lehnleute und Sassen, die jetzt
noch in diesem Augenblick, um Euren Tod weinen, nehmt zum Sühnopfer! —

Ernst. Er ziehe! aber meine Rache soll ihn
ereilen.

Castel. Sitzt nicht sein Henker hinter ihm!
Ein glühendes Gewissen?

Ernst. Wo ist Bertha?

Castel. In der Kapelle.

Ernst. Weiß sie meine Ankunft?

Castel. Ich zweifle; noch hatt' ich nicht Zeit. —

Ernst. (ihn bey der Hand fassend.) Komm! Eile! —

Castel. Laßt mich voran! nur Einen Augenblick voran! Freude könnte am Fuß des Altars
sie tödten.

Ernst. So fliege! Ich ertrags nicht länger! —

Zehnter Auftritt.

Bertha (mit zurückgeschlagenem Schleyer herein-
stürzend.) Vorige.

Castel. (der am Eingange sie aufhält.) Wo wollt Ihr
hin, gnädige Frau? —

Bertha. Zurück! Er ist da! Er ist da! —
(sie windet sich los, stürzt an des zurückstehenden Ernst's Hals)
Mein Ernst!

Ernst. (sie mit der höchsten Innigkeit umschlingend.)
Bertha! — (stumme Szene sprachlosen Entzückens; indem
Ernst sie loslassen will, bemerkt er, daß sie ohnmächtig ist.)
Allmächt'ger Gott! sie ist kalt.

Castel. (herbeyeilend.) Was sagt Ihr?

Ernst. Ohnmächtig! Ihre Sinne sind gewi-
chen! —

Castel. (rufend.) Hülfe! Hülfe!

Ernst. Ruhig! Liebe und Freude hat ihr das
Bewußtseyn geraubt, und wird ihrs wieder geben. Laß uns allein!

(Castellan entfernt sich.)

Eilfter Auftritt.

Bertha (ohnmächtig in Ernst's Armen.)
Ernst.

Ernst. Bertha! — Erwache! Ich bins! Ich
lebe! Geliebtes, süßes Weib! Hälfte meines
Selbst! — Ich bin wieder da! Dein Ernst ists,
der dich an seine Brust drückt!— Keusches, ueu-
es Weib, erwache!

Bertha.

Bertha. (die Augen aufschlagend.)

Ernst. Ha! Die Stimme des Engels de
Reinheit erwecket sie.

Bertha. Du lebst?

Ernst. Fühl' an mein Herz!

Bertha. Du bist wieder da?

Ernst. Da! in deinen Armen! von Gott
wundervoll geführt. —

Bertha. Berga!

Ernst. Nenn' das Ungeheuer nicht! — Armes
Weib, du hast viel gelitten!

Bertha. (lächelnd.) Sieh'st du die Spuren des
Harms?

Ernst. Diese Lilienblässe, diese Wolken deiner
holden Augen sind mir unaussprechlich theuer. —
Hinweg mit diesem Schleyer!

Bertha. Er war mein Schutzengel!

Ernst. Wohl mir! ich habe dich wieder!

Bertha. Treu und rein!

Ernst. Treu und rein! — Dank euch, Engel
des Himmels! Beschützer der Unschuld! daß ihr
mit euren Fittigen sie decktet! —

Bertha. Und dein Bild!

Ernst. Ueberschwenglich werd' ich dir's lohnen

Bertha. Ich habe dich ja wieder!

Ernst. Auf ewig!

Bertha. Und liebevoll und treu?

Ernst. (bey diesem Worte sein Haupt auf ihre Brust senkend)
Bertha!

Bertha. Was ist dir, Lieber?

Ernst. Ich habe viel dir zu entdecken.

Bertha. Rede, mein Gemahl!

Ernst. Dinge ohne Beyspiel, so nah' gränzend an's Wunderbare, daß die Wahrheit selbst Mühe hat, ihm Glauben zu verschaffen.

Bertha. O erzähle! —

Ernst. Begebenheiten, gleich den Sagen der Vorwelt, gleich den Fabeln kranker Einbildungskraft, abentheuerlich und unerhört!

Bertha. O laß mich hören dein Schicksaal im fernen Lande.

Ernst. Willst du ruhig mich anhören?

Bertha. Du bist ja geborgen aus dem Sturm, ich halte dich ja in meinen Armen!

Ernst. Bertha! Bertha! Du ahndest nicht. — Vielleicht bedarfst du m e h r Kraft, mehr L i e b e, als du glaubst!

Bertha. Ich will sie saugen aus deinen Lippen.

Ernst. Wohlan! — Du mußt es wissen! und doch sträubt sich mein angstvolles Herz, meine störrige Zunge bebt! —

Bertha. Was fürchtest du doch, Lieber?

Ernst. Ach! du weißt nicht —Bertha? ich bin s c h u l d i g!

Bertha. (erstaunt.) Wie?

Ernst, Und u n s c h u l d i g!

Bertha. Ich versteh dich nicht!.

Ernst. Ich war t r e u!

Bertha.

Bertha. Wohl mir, Geliebter!

Ernst. Und doch untreu!

Bertha. Untreu? O rede deutlicher; du quälst mich.

Ernst. Höre mich an, Bertha; aber vergiß nicht, was du dem seyn mußt, der es wagen kann, so zu dir zu sprechen.

Bertha: Ich werd' es nicht, mein theurer Ge= mahl!

Ernst. Furchtbarer Moment! Gott, du siehst und prüfst mein Innerstes, gieb mir Stärke!

Bertha. Du beunruhigst mich. Rede doch.

Ernst. Ich werde reden; Ich werde dich in's Aug' fassen! Ein Blick, und ich stürze hinab in den Abgrund unabsehlichen Elends! Todt und Le= ben, Seeligkeit und Verdammniß hängt an Ei= nem Blick.

Bertha. (ihn mit inniger Zärtlichkeit in's Aug' fassend.) Mit diesen werd' ich zum leztenmal dir die Hand drücken!

Ernst. (sie mit Feuer umarmend.) Engel! — Höre! — Ich zog hin ins gelobte Land. Nach manchem Gefecht, nach manchem Abentheuer, ritt ich einst aus an der Seite des treuen Volgstatt aus Ptolo= mais. Ein Haufe Sarezenen stößt auf uns. Nach ritterlicher Wehre wurden wir überwältigt, ge= fangen genommen, in Fesseln gelegt.

Bertha. (erschrocken.) Heilige Mutter Gottes!

Ernst.

Ernst. So bringt man uns dem Sultan von Alkaire. Er nimmt uns gütig auf; er löst unsre Fesseln; er vertraut uns sogar seine Kriegsmannschaft.

Bertha. Gütige Vorsehung!

Ernst. (Bertha'n immer ängstlicher beobachtend) Er hat eine Tochter! Ein süßes, sanftes, edles, liebliches Geschöpf. Sie sieht mich und liebt mich — Sie entdeckt mir's — Ich — verheele ihr nichts! — Sie schlingt sich um meinen Nacken! „Kehre heim zu deinen Kindern, zu deinem Weibe! ruft sie aus, nimm deine Freyheit, meine Schätze, aber auch mich als Christin mit dir! Laß Ein Band uns drey Liebende umschlingen! Ich will deinem ersten Weibe dienen lebenslang, ich will horchen auf ihre Befehle, lauschen auf ihre leisen Wünsche! Ihre Kinder sollen die meinigen seyn! — Dein will ich seyn, oder sterben zu deinen Füßen!" — Bertha! lange kämpft ich, dich aufzuopfern dir selbst! Fürchterliches Ringen mit dem Engel der Liebe um die Liebe! — Aber du hättest sie eben sollen, wie sie dirg an meinem Halse, lag zu meinen Füßen in der allmächtigen Gute heilige Unschuld, verklärter Liebe! — Ein Schauspiel, Geister höherer Regionen herab zu geben und zu fesseln; und Ernst ist ein sündiger Sünder! — Allmächtig drang mich's zu dir! und ohne sie warst du für mich verloren! Ich unter-

H

liege! — An ihrem Arm eil' ich nach Rom,
werfe mich zu den Füßen des heiligen Vaters,
flehe um seine Bestättigung und — erhalte sie!
— Bertha! Bertha! Was ist dir? Dein Auge
schwimmt in Thränen? —

Bertha. (ausbrechend.) Wo ist sie? Wo ist meine
Schwester?

Ernst (zu ihren Füßen sinkend.) Engel! Heilige!
du verzeih'st mir? du nimmst sie auf?

Bertha. Verdank ich ihr nicht dich? Alles?

Ernst. Ist's möglich, du liebst sie?

Bertha. Eile! o komm! daß ich sie an meinen
Busen drücke! Wo ist sie?

Ernst. (sie an's Fenster führend.) Sieh! dort wallt
sie herauf mit ihren Kameelen und Schätzen.

Bertha. Was bedürfen wir mehr, als sie?
Komm, Theurer! deiner Retterin entgegen!

Zwölfter Auftritt.

Lambrecht. Heinrich. (hereinlaufend.)

Ernst. (sie in seine Arme fassend.) O meine Kinder!

Heinrich } Vater!
Lampr.

Heinr. Kömmst du denn vom Himmel?

Ernst. Der Himmel ist hier!

Lampr. Vater! Ich trage schon ein Schwerd!

Ernst. Würklich?

Dreyzehnter Auftritt.

(Man hört ein Geschrey; Es lebe unser Graf!)

Castellan. Vorige.

Castel. Herr! die Nachricht Eurer Ankunft hat sich verbreitet. Ich vermags nicht, Eure Lehnsmänner länger aufzuhalten!

Ernst Sie kommen!

Bertha Laß mich fort indeß!

Ernst. Wohin?

Bertha Ihr entgegen!

Ernst. (sie umschlingend.) Engel! ich ziehe mit dir!

(Der Vorhang fällt.)

Vierzehnter Auftritt.

Ein Thal am Faß des Schlosses Gleichen.

Fatime, Volgstatt, Zaide.

(Hinter ihnen das Gefolge mit bepackten Kameelen und Pferden.)

Volgst. Ihr werdet müde werden, Gräfin! denn der Hang ist steil.

Fatime. Ich eile ja ihm entgegen, und wie könnte mir da Kraft und Odem fehlen?

Zaide. Er zögert lange.

Fatime. Soll er nicht ruhig sein Weib umarmen nach langer Trennung?

Volgst. Recht so, edle Gräfin. Ihr wißt ja: der Liebenden Wiedersehen verschlingt Stunden wie Augenblicke.

H 2 Fatime.

Fatime Ich will gern abwarten die Wonneszene der Vereiniaung; wann sie nur dann mich freundlich aufnimmt in ihren Bund.

Volgast. Zweifelt nicht!

Fatime. Ach! kann wohl so glühende Empfindung, solche Liebesfülle gedeihen unter Eurem Himmel? — Volgastatt ich zittere!

Volgast. Seyd ruhig! Unsre Gebürge und Wälder sind die Heimath der Tugend. — Bertha ist ein edles teutsches Weib. Häuslich, sanft und still.

Fatime Ahndete sie, wie mein Herz ihr entgegen schlägt! —

Volgast (zu einem Landmann, der vorübergeht.) Wohin alter Landsmann?

Lam. Aufs Schloß, Herr! sie halten heut das Todtenamt unsers guten Herrn.

Volgast. Wie so, wann starb er?

Landm Im gelobten Lande. Er ertrank im Meer! —

Volgast Es ist falsch, sag' ich dir. Er lebt.

Landm. Wie? er lebt? Er ist nicht todt? Jesus! Maria! O ich muß hinauf, ich muß das unsrer Frau sagen, eh' sie uns auch zur Leiche wird.

Fatime. Gott! Sie hielten ihn für todt. O, daß ich hätte Zeuge seyn können, solch eines Wiedersehens.

Volgst. Hörtest du, wie das Volk an ihnen
hängt?

Funfzehnter Auftritt.

Bertha, an Ernst's Arm, Vorige. Lamprecht,
Heinrich. Der Castellan.

Ernst. (Fatimen zeigend.) Da ist sie!

Bertha. (in ihre arme stürzend.) Meine Schwester! —

Fatime. Geliebte! Freundin!

Bertha. (sie Ernsten zuführend.) Sie ist dein! —

Fatime. Engel! Dein Ernst?

Bertha. Mein und Dein!

Fatime. Mein!

Ernst. (zu Fatimen und Bertha'n, sie beyde umfassend.)
Dein! und Dein! —

Fatime. (sich losreißend und auf die Kinder stürzend.)
Meine Kinder!

Bertha. Süße Schwester, sie sind dein!

Ernst Volgstatt! du wendest dich weg?

Volgst. Solch ein Anblick ist nur für Engel
Nur diese vermögen ihn auszuhalten.

Jaide. (in des Castellans Arme sinkend.) Mein
Vater!

Castel. Meine Tochter!

Ernst Was ist dir?

Castel. Ach, meine Erdmuth! meine verlorne
Erdmuth!

Ernst.

Ernſt. Wohl mir, ich brachte dir alſo ein
edlen Lohn deiner Treue. — Komm, Berth
komm Fatime, nun meine wiedergebohrne Eli
beth! Kommt in meine friedliche Burg! Und d
ſes glückliche Thal, dieſen Schauplaß der höchſt
irrdiſchen Freude nenne man auf ewig: d
Freudenthal! Einzig bleibe dies Scha
ſpiel weiblicher Eintracht, häuslicher Glückſeel
keit! Eine Burg, Ein keuſches hochzei
liches Bett, Ein Grab decke drey herz
che in einander unauflöslich verſchlungene Weſe
— Ewig ſtehe dies Denkmahl, daß Tugend u
Empfindung alles heiligt, das ſie ſelbſt Quell
irrdiſcher Freuden öffnet, die dem fühlloſ
Schwieger weiſe Geſetze verſchließen. O Wonn
Wonne! Wonne! (zu Fatimen.) Du biſt Mein
(zu Bertha.) Und du Mein!

Fatime und Bertha. Dein! dein! Auf ew
dein!

(Sie umſchlingen ſich. Der Vorhang fällt.)

Ende.